纵使已是春寒了

杨佳靓 著

天津出版传媒集团
百花文艺出版社

图书在版编目（CIP）数据

纵寒已是春寒了 / 杨佳靓著 . -- 天津 : 百花文艺出版社 , 2025. 2. -- ISBN 978-7-5306-9061-1

Ⅰ . I267

中国国家版本馆 CIP 数据核字第 2025SR3600 号

纵寒已是春寒了
ZONGHAN YISHI CHUNHAN LIAO
杨佳靓　著

出 版 人：薛印胜
选题策划：郑　爽
责任编辑：沙　爽
策划编辑：彭　雪
装帧设计：悟阅文化
出版发行：百花文艺出版社
地址：天津市和平区西康路 35 号　**邮编：**300051
电话传真：+86-22-23332651（发行部）
+86-22-23332656（总编室）
+86-22-23332478（邮购部）
网址：http://www.baihuawenyi.com
印刷：成都市兴雅致印务有限责任公司
开本：880 毫米 ×1230 毫米　1/32
字数：157 千字
印张：6.5
版次：2025 年 2 月第 1 版
印次：2025 年 2 月第 1 次印刷
定价：65.00 元

如有印装质量问题，请与成都市兴雅致印务有限责任公司联系调换
地址：成都市金牛区沙河源街道陆家桥社区
电话：028-83181689
邮编：610000

春寒过后，心归何处

◎周淑娟

杨佳靓是姑苏城北的一位年轻女教师，不过，她喜欢的东西却似乎都带有岁月的痕迹，比如古典小说《红楼梦》，比如京剧、越剧、昆曲和黄梅戏。

下雨天或者下雪天，她读书也弹琴，令她“意难平”的其实还是《红楼梦》。

炎炎夏日。她说，《红楼梦》中的玉石与世人结下了不解之缘。

贾宝玉衔玉而生，上面镌刻着“莫失莫忘，仙寿恒昌”八个字，与薛宝钗金锁上的“不离不弃，芳龄永继”是“一对儿”，结的是金玉良缘。而林黛玉和贾宝玉，一个是阆苑仙葩，一个是美玉无瑕，两个人只念木石前盟。“海棠诗社”成员咏白海棠时，始终不离“玉”：贾探春有“玉是精神难比洁，雪为肌骨易销魂”，薛宝钗是“淡极始知花更艳，愁多焉得玉无痕”，贾宝玉有“出浴太真冰作影，捧心西子玉为魂”，林黛玉是“半卷湘帘半掩门，碾冰为土玉为盆”，史湘云补作则为“神仙昨日降都门，种得蓝田玉一盆”。

漫漫冬日。她说，大雪天读《红楼梦》最应景。

想象“芦雪庵争联即景诗”的情景，她着实向往在白雪琉璃世界折梅枝、烤鹿肉的脂粉娇娃。是真名士自风流！是啊，围炉吃酒，酒后有诗，真名士的风流不必拘泥于各种规矩，生命的热情也恰恰蕴藏在这风流之中。

她不仅爱《红楼梦》中的一个个人物，也爱把《红楼梦》具象化的那些演员们。

烟雨六月，她下扬州，为的是她的“平儿姐姐”要在家乡扬州办个人画展。端午假期，她驱车一百八十公里，直奔扬州而去。“我的姐姐出生在这里，从小在扬州长大、求学，后来又学习扬剧，进入了文工团，接着是因缘际会拍摄了1987年版的电视剧《红楼梦》，饰演了‘平儿’一角，从此定居北京数十年。但是，画画却是姐姐内心真正热爱的事情，在退居幕后的很多年里，她拜师学艺，潜心绘画，闭门即深通，活得清透而热烈。”读这段文字，我只记得“平儿”是她的姐姐，完全想不起“平儿”是由谁扮演的。

利用周末时间，跨越一千多公里，她从苏州到了北京，参加人民文学出版社组织的《红楼梦》四十周年纪念版分享会，也见到了好几个“红楼”旧友。“七年前我到北京，1987版《红楼梦》中贾蓉的扮演者杨俊勇老师在这里请我吃了一顿饭。印象里那个高高瘦瘦的帅爷们儿还是翩翩少年的模样，我们在饭桌上高声谈笑，眨眼间故人却已不在，那一顿饭也成了诀别。很多年后，许多的人和事都逐渐淡忘，也有很长一段时间都不敢再读《红楼梦》。”她说，“久别重逢”真的是世界上最美好的词。

她常常去剧院看戏，有时候顶着炽热的太阳，有时候被绵绵细雨包裹。看戏，是她的日常生活，也在她的文字中发散出独特的光芒。

“与同行的好友在苏州文化艺术中心大剧院看完《桃花笺》

演出已是夜里十点整，灯光起，幕布开，极具仪式感的谢幕在观众持续的掌声中叫人情不自禁地泪目……主人公起伏跌宕的命运线，一点点地将台下观众们的热情给氤氲了，濡湿了，最终荡漾了开来。”《桃花笺》展现了“绣圣”沈寿与清末状元、近代实业家张謇的“知己之感”。这些美好情愫，令杨佳靓回忆起在南通求学的四年——每每从大学宿舍楼走向教学楼，都能看到草坪上张謇先生严肃庄重的石像。

“一喜一悲一抖袖，一跪一拜一叩首，一颦一笑一回眸，一生一世一瞬休。人生如戏戏如人生，唱不完的故事，道不完的风流。无论再看《锁麟囊》还是《白蛇传》，《打渔杀家》或是《碧玉簪》……戏曲情结悉数勾起，每一份雅韵融于岁月都不会蹉跎而去，每一个流派能流传下来，都因有它们各自的追随者。”听著名京剧艺术家朱宝光的讲座，她有感而发：“西风吹不散，岁月荡不去，而我，也因此而更热爱着这份热爱。”

第一次在苏州独墅湖影院观看《粉墨春秋》，她是冲着它的编剧李碧华而去的。李碧华编剧的《霸王别姬》，给了她很深的印象。

趁着假期，她踏上了前往安庆的“黄梅戏之旅”，黄梅戏《为奴隶的母亲》正和“史湘云”一起等着她。这个“史湘云”，是她口中念念不忘的“郭老师”郭霄珍。

周日和好友到保利剧院看戏，驱车至苏州市宝带东路。这次，上海越剧团方亚芬领衔主演的越剧《红楼梦》令她唏嘘不已。

到嵊州采风两天，似萍水相逢，又恰如故人相见，因为，嵊州是越剧的故乡，和越剧一样婉转多情。百年越韵，千年文化，都不如街头巷尾传来的悠扬越韵令她沉迷，让她陶醉。

从戏曲中走出来，她跟着书本去游历大千世界，去见识人间万象。

跟着张岱的《湖心亭看雪》，她看遍南方的雪，还把北京的雪拉过来做了参照物；跟着樊锦诗的《我心归处是敦煌》，她抵达豪放壮阔的大西北，目光停留在敦煌莫高窟；跟着迟子建的《额尔古纳河右岸》，感受呼伦贝尔温柔的风，懂得那风吹向时光的细碎和皎洁；跟着《仓央嘉措诗传》，坐着火车去拉萨，不知不觉叩问起生命的意义。

在昆山千灯古镇，她触碰到了顾炎武“天下兴亡，匹夫有责”的精神力量；在苏州文庙，她追寻着范仲淹“与其富贵一家，不如富贵一方”的文脉源头；沿着京杭大运河驱车前往高邮镇国寺，她体味到匾额上“来此为甚”四个字的玄妙和哲理；背着沉重的行李进入合肥包公祠，被包拯“老身将朽而不忘遗泽后代”的顽强姿态打动。

她说，没有历史的文化是空白的，没有故事的城市是苍凉的。所以，在她眼里，苏州不仅仅是美丽富足的家乡，更是值得大书特书的地方。

她发现，苏州确如《红楼梦》中所写的那样，是“昌明隆盛之邦，诗礼簪缨之族”，也是“花柳繁华地，温柔富贵乡”。

历史文化名街平江路悬桥巷，她听到清末状元洪钧和秦淮名妓赛金花的故事还在流传。

访过文徵明纪念馆和文徵明墓后，她到拙政园附近寻找几百年前的大才子亲手栽下的烂漫紫藤。

苏州城内以“桃花”和“桃花坞”命名的大街小巷，与另一位才子唐伯虎有关。唐寅祠还在，准提庵还在，令她欣慰而温暖。

姑苏城外寒山寺，因了唐朝一位失意诗人的诗作《枫桥夜泊》有了别样的意味。

走遍拙政园、留园、曲园、退思园和网师园，她懂得了“不出城郭而获山水之怡，身居闹市而有灵泉之致”的精妙。

…………

日复一日，年复一年。走过，看过，读过，写过。

令人惊喜的是，这些珍珠般温润的文字，安放于《纵寒已是春寒了》这本散文集里，造就了一个年轻女子的山川河流。

“纵寒，已是春寒了。”她这样对我们说，以最真挚的情谊。

（周淑娟　女，江苏徐州人，毕业于华中科技大学中文系，中国作家协会会员、中国红楼梦学会会员、中国报告文学学会会员、中国散文学会会员，江苏省作家协会全委会委员，曾获第八届冰心散文奖、江苏省第十二届精神文明建设“五个一工程”奖、第五届江苏报告文学奖等奖项。）

轮到我的时候我该说什么

◎乔坤飞　江苏省黄埭中学

从教二十多年，教过的学生良多，但现在联系的，不过十许人，其他的，有时打开每年的月考及期中、期末考试的成绩单，看到名字，也能想起大概的模样，但大多数已经记不起来模样了，甚至其中一些名字都是陌生的，好像自己跟他们根本没有交集，其实很多是相处相伴了三年的。这样说来，现在能联系的，知晓对方在干什么的，确是金贵，要倍加珍惜的了，而杨老师，就是其中之一。

高中时，她就喜欢读书，喜欢文学，喜欢写些东西，写得当然也好，可以说她周身的气质就是文学的。记得有一次，她写了一篇文章，得意地要我看看。作为她的语文老师，我当然是喜欢的，但是呢，她的各科成绩不是非常出色。而我是见识了她的灵气的，就对她的期望很高，认为写得一手好文章的女生，只要全力以赴地学习，必能考上985、211名校。而写文章的事，现在可以放一放，“留得青山在”嘛。所以那天晚自习，我没好气地批评她，要她收心干正事。

被我批评后，我想她必定会“改邪归正”，真不知道当时我的武断、自信来自哪里。可她依然我行我素，在每周必交的周记里洋洋洒洒地写，明显是花了好多时间和精力的，而我认为，这些精力应该花在数学、英语等科目上。像一个独断专行的“老大”突然发现被自己一直信任、要当接班人培养的手下背叛一样，我能怎么做呢？

从此以后，她的周记我虽依然津津有味地看，但看完后，我就不像以前要写几句以表达我的欢喜，而只是简简单单地写个“阅”，冷漠得像块石头，更不会像以前那样找她谈话“谆谆教诲”了。我希望通过这样的处理，一向聪慧的她能知难而退“重新做人”。但是呢，人家好像根本没有放在心上，她写的文字，有三毛、李娟的味道，绵密细腻，活灵活现，水准一直上涨，至于我看或不看，别人的“风言风语”或善意提醒，她很明显是知道其中原委，然后权衡再三，心中已经有了明断的，剩下的就是欢欢喜喜地走下去，别人理解不了，没事，自己理解了就成。

高三了，要高考了，她依然成绩中游。考完了，分数出来了，填志愿了，她的分数只能上一个普通的大学，她却欢欢喜喜的。上了大学，学的是中文。而我忽然“原谅”了她，转而对她的从文之趣又格外赞赏起来，于是我们的联系又一如既往了。但是，渐渐地，到了大三，甚至到了大四，我问她对未来的打算，劝她考教师资格证，以后做个小学老师，工作之余读书写字听戏，工作爱好志趣相得益彰。她呵呵一笑而过，很明显，跟高中一样，她不认可，她有了主意，她就要过她大一大二时的生活：看书，写文章，去安徽听黄梅戏结交演员甚而参演，去北京和一些志同道合的人谈天说地。至于未来，那不重要，也许未来就像电影《无依之地》的科恩嫂一样，一直按照自己的意愿开车在路上，没钱了就去超市打打工，然后再出发。

大学毕业后，她好像没有找工作，后来在镇上的小学代课，我们还继续联系，但每次见面聊天，我总是劝她："要考编，做个老师，然后找个对象结婚生子，再也不能这样像浮萍一般了。人长大不能只想着自己，也要考虑你的父母。你父母估计也对你不放心，他们年纪大了……"

她每次都脸挂微笑，呵呵呵地应承着我。如果换作我，一个好为人师的"老师"像个苍蝇一样一直嗡嗡嗡地吵，我肯定翻脸，再也不会见他的。她为什么不反感我呢？难道就是因为我是她的语文老师吗？还是因为我也喜欢读书、喜欢写作、喜欢四季的流转，跟她一样？还是因为她知道我是为她好，跟她的父母一样，哪怕惹她不快，惹她讨厌，也要苦口婆心地劝她"改邪归正"？

代课，看书，四处跑，见演员、作家，写作，旅游，发表文章，一个人住，生病，看展，和朋友相聚，这就是她的生活。十年了，一直这样，把关心她的人折腾得"心力交瘁"。虽然我也知道，人各有志，且她的"志"，何尝不是我最想做的呢！大学那时候，我们也经常做这样的梦：看书，写作，周游世界。可是我们有几个人实现了呢？哪怕坚持了一小段时间？没有，一个也没有。

十年后，她忽然考编了，一考即中，成了镇上小学的一名语文教师。她着陆了，她安稳下来了，"我们"都很为她"想通了"开心。可是呢，每次见面，她都会说几句工作如何烦累无奈的话，很有《东轩记》里苏辙理解颜渊的伤感。我也是个教师，也是个视读书写作四处游走为生命信条的人，我难道不知道她的苦衷？

我该怎么劝说她呢？她这样明秀的人，道理是知晓的。但我还是得跟她说"工作之余，笔耕不辍"这类的话安慰她，因为在无数个想呐喊、想哭泣的时刻，我也是这样安慰自己的。

C O N T E N T S

目 录

第一辑　耐他风雪耐他寒

第二辑　落梅花信今年早

第三辑　梦回何事萦怀抱

第四辑　纵寒已是春寒了

第一辑

耐他风雪耐他寒

河西走廊

很多年前读完樊锦诗先生的《我心归处是敦煌》，就开始对这个古老丝绸之路上璀璨的人类文明聚集地充满了向往。这次的大西北之行，沿着河西走廊，从嘉峪关到莫高窟，从莫高窟到鸣沙山，被历史的沉淀深深地吸引。丝绸之路从这里走向世界，东西方文化在这里交汇，张骞出使西域途经这里，卫青、霍去病痛击匈奴在这里，左宗棠抬棺出征收复新疆时也途经这里……大漠，戈壁，黄沙中的声声驼铃，传唱的是只属于大西北的浪漫和经久不衰的故事。

当年，徐迟写了一部《祁连山下》，把人们的目光引向敦煌莫高窟，如今的莫高窟早已经成为全国重点文物保护单位，它被誉为20世纪最有价值的文化发现，是世界上现存规模最大、内容最丰富的佛教艺术圣地。来之前特地把有关樊锦诗、常书鸿、段文杰等先生的书籍重新读了一遍，直到自己踏进窟门，亲眼见到莫高窟里的彩塑、壁画和佛像时，才“不明觉厉”。伟大的作品总有一种令人泪流满面的力量，那些佛国世界、世俗生活、西域王宫的奢华和丝绸之路的艰辛一笔笔清晰地展现在人们眼前。弹指间沧海桑田，一刹那转身千年。慨叹中国古代艺术辉煌和人类文明伟大的同时，蓦然间想起的就是那一代代为敦煌文物保护而将一生都奉献在了这里的守护者们，他们也曾站在我们此时所站的位置上，一笔笔地为后人修复和镌刻历史。他们沉默但不寂寞，他们孤勇但不孤独。他们留下的是莫高窟千年的工匠精神——睁开眼是它们，闭上眼也是它们。几代人都在做同一件事，大地苍茫，岿然屹立于东方。

莫高窟啊，你是风吹不去的历史，沙掩不住你的光芒。

有人说，到河西走廊了，要敬三杯酒。第一杯敬张骞，第二杯敬霍去病，第三杯敬那些永远留在这里的汉家儿郎。自从张骞凿通西域、汉武帝打通河西走廊以后，两千一百多年以来，这里有太多的文化积淀。河西走廊一带沦陷在吐蕃手里七十余年，后张议潮收复了沙洲，他派使者安排了十队人马从沙洲奔赴长安，告诉皇上这个消息，并把沙洲地图交给皇帝。这些人走到长安用了整整两年，最后仅存七人，其余人都命丧荒漠。如今，我们却可以自由地驾车穿越荒漠无人区，穿越河西走廊，那些人曾经奉献了生命的地方成了一个个开放的景点。倘若当年也有现在的条件，或许很多人都不会深埋于黄土之下。可历史从来都是向前的，每一代人都有每一代人的使命，没有从前便不会有如今。也正是因为这些从前，才让这里成了一个充满神圣、盛满遗憾、镌刻不朽的地方。

眼里的河西走廊，纪录片里的河西走廊，书籍里的河西走廊，看得人热血沸腾。想当年张骞出使西域披荆斩棘十三年才从匈奴人的掌控中逃回来，鸠摩罗什被后凉王软禁了十七年才得以开始传经弘法……十多年，足以磨灭一个人所有的理想和信念，但张骞第一次出逃成功时想的并不是回到中原长安，而是继续西行完成他未完成的使命。当他寻找到月氏部落时，月氏并没有同意一起攻打匈奴。他还在回长安的途中再次被抓，又被扣押了三年，匈奴王死后他才回长安。出使时是二十六七岁风华正茂的汉家儿郎，归来已形同邻家老叟，我们无法想象这是怎样的壮举，更无法想象这是个信念何等坚定的人。

两千年前的塞外古道变成了现在的高铁轨道。时间再往前走，历史依旧在不断地交叠。站在嘉峪关的城楼上，望见的是“新栽杨柳三千里”，辉煌而又苍凉。六十八岁的左宗棠在这里抬榇出征，抱着决绝的信念平定了疆乱，留下了大美千古的“左公柳”。汉朝的长城已经化为残土，打下的江山却永远属于中国的版图。那些悲凉、厚重、充满了热血的故事，依旧震古烁今，仿佛让人在今天还能听到沙场点兵、金戈铁马的雄壮豪迈。

那是一个浪漫和雄浑到了极致的时代啊！汉是天上的银河，帝国张开臂膀，使者凿空黄沙，将军的御酒倒入泉水和将士们共饮。我们的民族是一个热血贲张、精力充沛的少年，强弓在背，利刃在腰，迎着大漠苍凉的风，马踏飞燕，扶摇直上。我们理应举起手中的酒杯，敬河西走廊，敬这片沃土上的汉家儿郎，敬中国历史的浑厚、宏伟与沧桑！

坐着火车去拉萨

听惯了苏州城的吴侬软语，见多了自家的小桥流水，一到暑假，心就不由得飞到了更远的地方。适才结束一学期繁忙的工作，朋友圈的同事们便纷纷晒起了各自的旅行照，有去日本的、有去中国香港的、有去柬埔寨的……所到之处，尽是风情旖旎，哪怕是隔屏相望，也总叫人慨叹，跟着他们的美照也早已走遍了大江南北。也许是教师这个职业使然，工作之余的“读书和旅行”成了生命中必不可少的精神给养。无论去哪里，只要是能够感受到岁月静好、日月星辰、春耕秋收、冬雪夏雨，去哪儿都好。

早年读《仓央嘉措诗传》，只因短短的两句“世间安得双全法，不负如来不负卿”，便被这个谜一样的绝世情僧所深深打动。这个世间最美的情郎宁可脱去自己身上的僧衣也要微服夜出，只为与情人相会。紧接着，那一首首绝美的情诗如雨后春笋般来了：

“住进布达拉宫，我是雪域最大的王。流浪在拉萨街头，我是世间最美的情郎。”

“那一天，我闭目在经殿香雾中，蓦然听见你诵经中的真言。”

“那一世，转山转水转佛塔，不为修来世，只为途中与你相见。”

…………

于是，像是受了蛊惑一般，想要感受仓央嘉措笔下片刻的安宁，感受寺院内外缥缈的香火，感受转经人匍匐着磕长头朝圣的淡定从容，感受那披着袈裟的僧人唱诵着梵音的经文，还有那抬头可见的白雪蓝天……想去西藏，因为仓央嘉措，那是他诵经的地方；想去西藏，因为西藏离天堂最近，那是最纯净、最朴实的一方厚土。无论是仓央嘉措的诗和远方，还是去往西藏天路的虔诚与信仰，总之，去西藏是一个不可不圆的梦。

终于和郭老师定下进藏的日程，时间的充裕使我们将原先的飞机票改成了火车票。列车需要行驶近四十七个小时才能抵达拉萨。火车越往高处开，云层就越低，一望无际的雪域高原一下子就在眼前铺展开来。皑皑白雪下覆盖的那种绿是漾开来的绿，与广袤的天地融为一体。当清晨太阳出来的时候，阳光穿透山和云，化作一道道圣洁的光线。雪山、河流、草地，沿途风景交替，心也随之愈见明朗。我们穿越可可西里，翻越唐古拉山，不紧不慢，跟着火车机车律动的节奏行进在青藏线这条神奇的天路上。窗外的景色使人心静，水的清澈，云的洁白，天的湛蓝，一切都是洗尽铅华的。

我们在旅途，路在脚下。在开往拉萨的火车上，心情不能用语言来形容。耳旁一遍遍回响的是最应景的那首歌——《坐着火车去拉萨》。穿过了无边的广阔和苍凉，看尽草色青青和旖旎风光，偶或遇见蓝天上的鹰，身边还有陪同着的至亲至爱。我想，人生能有几次“坐着火车去拉萨”的经历？这，大概是这辈子最珍贵的体验了。

青藏线的守路人

从西宁站下车换乘有氧列车之后，火车便算是真正驶上了青藏线。这条世界上海拔最高、高原线路最长的铁路，宛如世界屋脊上的一条钢铁巨龙，大大缩短了青藏高原与内地的时空距离。绵延的山脉就这样匍匐在天地之间，一路上除了这些山脉，便只剩下一望无际的空旷。这种空旷是很有孤独、萧索、寂寥的意味的。我们目力所及之处，是漫山遍野的牛羊、野驴，甚至还有野兔。这时候不免想到那句古诗“天苍苍，野茫茫，风吹草低见牛羊”，确实是这样。

列车在高原上不疾不缓地行驶着，从车窗望出去，能看见三三两两的活动板房或者帐篷。我这才知道，这样的寂寥之处也是有人居住的，那他们居住在这里干什么呢？那种于天地中茕茕孑立的孤独是我不能想象的。

直到列车开过可可西里，在青藏铁路上隔一段距离就看到对着列车敬礼的守路人，于是疑团尽消，眼睛一阵濡湿，有一种说不出的感动。在这样辽阔、静谧、纯净的可可西里，殊不知有这样一个特殊的职业，他们常年守在铁路旁边，定点搭个小帐篷，五百米到两千米一个岗位。他们一年四季都与这里的山川做伴，常年睡在铁路旁边，想找个人说话都难，只为守护这列车开过不至于被困的冻土，守护青藏铁路的安全。

由此，就不免想起那些筑路人。他们克服了千年冻土、高寒缺氧、生态脆弱三大难点，为确保列车高效、平稳、安全的运行而不懈努力。他们严寒酷暑几十年如一日，甚至一代一代都扎根在这条铁路上，最终得以实现“千里青藏一根轨”的伟大愿景。他们铸就的铁路精神，给了那些曾经对于实现青藏线开通直达拉萨不屑的声音以掷地有声的回击。他们的铁路精神，将永远如高原上的那一片片格桑花瓣，错落有致地盛开着。

我们的火车在青藏线上行驶，看到守路人向火车行礼、挥旗。这是一条神奇的天路，也是令人敬佩与感动的天路。

额尔古纳河左岸

因为迟子建的一部《额尔古纳河右岸》，那年盛夏，我们跨越三千公里的路程，从苏州到海拉尔，重走老舍先生走过的陈巴尔虎旗，去满洲里野营，在大草原烧烤，吹着呼伦贝尔的风，到访额尔古纳河。

飞机还未完全着陆，从海拉尔机场的上空俯瞰，高耸入云的山脉、辽阔壮美的大草原尽收眼底。这是老舍笔下“一碧千里而并不茫茫”的草原，也是我心心念念、向往已久的呼伦贝尔。我们下了飞机便直奔莫日格勒河，汽车要从海拉尔行驶一百三十多公里，穿越呼伦贝尔大草原。这里没有苏州那样闷热，虽然也是太阳直晒，然而，风一吹过，人就像漂浮在海面之上，伸出手，仿佛就可以摸得到蓝天白云。极目远眺，大草原一望无际，山那头的堆积云变化无穷、形态万千，时而像一架飞机，时而像一条小狗。成群结队的牛马与翠色欲滴的草地相映衬，蓝天白云下点缀的蒙古包是牧人心灵的归属。晨光和夕阳，在这里仿佛转瞬即逝又永恒与共。大草原的风，温柔地吹着时光的细碎与皎洁。这里是呼伦贝尔，是额尔古纳河的左岸。

在没有来之前，对呼伦贝尔的所有期待都来自迟子建的文字。想象着徒步在白桦林中，闻着青草的气息，听广播中讲述着二十世纪关于鄂温克族——那个古老的森林游牧民族和驯鹿的故事。实际上，真正到了呼伦贝尔才发现，小说中“森林的沉静，冰原的辽阔，部族的生息”早已被历史的苍茫所掩盖。是作者的想象也好，是岁月洪流的沉寂也罢，总之，我们已经很难再找到一个民族近百年的遗迹了。当地的司机带着我们沿着额尔古纳河的边防公路一路往边境走。他告诉我们，河的右岸就是俄罗斯，河的左岸归于我们的牧民。一条长长的边防线，一条望不到尽头的额尔古纳河，就这样把两个不同的民族给划分开来了。我们没有在这里看到迟子建书中所写的“喜欢吃松子的灰鼠”及“性格温顺的巨鹿”，没有亲眼得见体型巨大的堪达罕和充满神秘色彩的萨满宗教，但我们有幸徒步穿过了白桦林，亲身感受到马丁靴踩在白桦林落叶上的绵软与厚实。这条单独的白桦林带掩映在成片的翠绿中，渲染着一种似曾相识的异国情调。这种情调，是独属于额尔古纳河右岸游牧民族的浪漫。

由于边境设防，我们没有下车真正地走到额尔古纳河边上去听一听流水的声音。一路抬头看向窗外，视野却没有一刻离开过这条神奇的河流。牛羊悠闲地漫步在额尔古纳河畔，零零散散的蒙古包驻扎在这片静谧的草原。我很想观望对面的俄罗斯民族，妄想从一河之隔中窥探出他们生活的一些蛛丝马迹，很可惜，什么也看不到。司机告诉我们，到了晚上，我们这边，尤其是满洲里，常常灯火辉煌、一派热闹，而河的对面却总是悄无声息、漆黑一片，静到让你难以相信对岸是有人居住的。我想，这大概也是人与自然之间存在的一种平衡秩序。无论是喜欢安静还是喜欢热闹，这都是一个民族自己的文化与天地自然所达成的契约，人以及生灵万物也因此才被赋予生命的尊严。

当天晚上，我们入住当地的蒙古砖包，它算不上传统意义上的蒙古包，里面早已配备了一般宾馆所具备的空调、热水器等一系列生活设施，只是为了让远道而来的游客能够拥有别样的体验感，它的外形构造还保留着蒙古包的特色。司机告诉我们，传统的蒙古包我们铁定是住不惯的，草原的景色神奇秀美，生存条件却无比艰辛，除了酷热严寒，还要忍受蚊虫叮咬、牛羊马粪。事实上，一路走来，我们也很少看到真正穿着蒙古袍的牧民了，那些套着五彩斑斓的蒙古袍的大多是进行体验拍照的游客。蒙古族的文明和文化依然是有的，但不知为什么，给我的感觉却不是那么明显和强烈。或许，这也要归咎于我们这些外来的“不速之客”。我们都在凭着满心的好奇和打卡的虚荣破坏一个民族原始的安静和风貌，不断发展的旅游业说不清是对这个部落的打扰还是助力。但是，就像迟子建在《额尔古纳河右岸》中写到的那样：“人类既然已经为这世界留下了那么多不朽的艺术，那么一定也能从自然中把身上沾染的世俗的贪婪之气、虚荣之气和浮躁之气，一点一点地洗刷干净。”对于这一点，我们应该相信，也有理由去相信。

“故事总要有结束的时候，但不是每个人都有尾声。”我们的旅程也总有结束的时候，从额尔古纳河左岸到右岸，这里的风土人情却是叫人念念不忘。一周旅程结束，呼伦贝尔大草原真实浪漫的气息已经不知不觉深入心灵中了。天空是高远的，草原是辽阔的，牛羊依旧是可爱的。我们在这里喝过酒，吹过风，吃过烤羊肉，策马奔腾中忘却了天地间的一切有无，仿佛被额尔古纳河支流洗涤过的心灵与大自然同在，与草木同生。

彭城印象

到彭城出差，想起的是巨鹿之战、彭城之战、鸿门宴、楚河汉界、垓下诀别……西汉时楚霸王建都彭城，一座城市的厚重与沧桑都沉淀在这里，几千年的历史长河，滚滚而来的是英气、胆气、豪气。

从苏州出发的前一天便与何老师、周老师夫妇联系，尽管匆忙，临时还是决定借机拜访一下两位老师。周老师是徐州作协副主席，近年来笔耕不辍，早已是荣誉等身。周老师写《红楼梦》随笔，写自己的家乡彭城，写书中的人、生活的事，无一不透着一位作家敏锐的洞察力和细腻的情思。其先生作为《徐州日报》的主编，为人善良、热情，书法也写得极好。《红楼梦》里宝玉初见黛玉便有似曾相识之感，宝玉对黛玉笑道："虽然未曾见过他，然我看着面善，心里就算是旧相识，今日只作远别重逢，亦未为不可。"这是扑面而来又恍若隔世的熟悉感。我与周老师早年间因《红楼梦》相识，私下却也是未曾有机会真正谋面。这一次，我到彭城，两位老师热情地接待了我。是初见面，也是旧相识。没有远别，也作重逢。

由于时间匆忙，又没有做游玩的打算，因此，在周老师的带领下，我们就在附近的几个景点走了走。从没想过，徐州给人的感觉竟是这样的有山有水有滋味。行走处，山围着城，城绕着水。这些历史的遗迹就这样隐没在城市的角角落落。

一、李可染故居

李可染是谁？在没来之前，竟是一点儿都不知道。李可染，徐州走出来的艺术大师，十三岁从乡贤钱食之学习中国画，参加过爱国救亡运动，致力于中国画的改革复兴；后师从齐白石、黄宾虹，穷尽毕生精力深探中国书画艺术之堂奥。

这座故居是一座青砖合瓦的四合院，院内陈设简单、朴素典雅。故居里陈列了大量翔实的文献、图片资料，系统地介绍了先生八十二年的艺术和生活历程。来这里的人很少，我望着眼前的这些书画作品，忽见一幅《五牛图》，不由得大为震撼。何老师告诉我，李可染画的牛最有特色，他画的牛，与齐白石的虾、刘继卣的虎、徐悲鸿的马可等肩媲美。

李可染曾说：“牛也，力大无穷，俯首孺子而不逞强。终生劳瘁，事人而安不居功。纯良温驯，时亦强犟，稳步向前，足不踏空，形容无华，气宇轩昂，吾崇其性，爱其形，故屡屡不厌写之。”牛对中国人的影响不仅表现在生产、习俗方面，更体现在对中华民族内在精神的塑造上。因而历代名家画牛既表现出牛的动作和神态，又表现出牛的品性和精神，赋予牛人格化的魅力。

我们走的时候，又多看了一眼墙上笔力遒劲的书法。“可贵者胆”“所要者魂”八个大字令我印象深刻，要付出多少时间和精力，才能从漫长的探索实践中凝练出这样的肺腑之言！魂与胆更击中了创作的要害，令人反省。我想，天下之事，横刀立马，虽历万难，坚守本心，大抵都是如此吧！

二、彭祖庙

两千年前，庄子写过一个神奇又瑰丽的世界。北海有鱼，名鲲，鲲之大，不知几千里。鲲化为鸟，名为鹏，鹏之脊背，亦不知几千里。有地处北方的海，有会变成鸟的鱼，还有能活几万年的树。朝菌不知晦朔，蟪蛄不知春秋。人又何尝不是如此的渺小？世界如此之大，在天地、自然面前，我们的无知被极度放大。

一进彭祖庙就能看见一座彭祖像。彭城的历史厚重，出了很多有名的人物。这些人物，如今又为这座城市增添了多少雄厚的底蕴啊！何老师向我介绍说：“彭祖的两个儿子你肯定知道，一个是武，一个是夷。武夷山的由来就跟彭祖有关。他可是活了八百年呢！”我偷偷问周老师：“真的能活八百年？”周老师笑道：“大概是传说吧！”

庄子有言：“天下莫大于秋毫之末，而大山为小；莫寿于殇子，而彭祖为夭。天地与我并生，而万物与我为一。既已为一矣，且得有言乎？既已谓之一矣，且得无言乎？一与言为二，二与一为三。自此以往，巧历不能得，而况其凡乎！故自无适有，以至于三，而况自有适有乎！无适焉，因是已。”

细细想来，大小是相对的，时间的长短也是相对的。那么，这世上便没有了绝对的东西。是真事也好，传说也好，相信天地万物都自有其深意，以辩证的眼光去看待，历史是螺旋式上升的，我们又何必困在自己思想的牢狱之中呢？

三、云龙湖

彭城的傍晚，晚霞之下的云龙湖，荷花初绽。绕堤一圈，颇有杭州西湖的感觉。伫立湖边，一道夕阳倒映湖面。随着湖水的流动，水面的夕阳被拉长了影子，颇有流光溢彩、半江瑟瑟半江红的味道。对面是建筑灵感源自紫薇花、造型独特的徐州音乐厅，何老师解释说，紫薇是徐州市的市花。音乐厅的不远处，是徐州的电视塔。我笑着说：“望了这里的拱桥，让人感觉到了杭州；望了那座颇像东方明珠的电视塔，又像到了上海；再看这广阔的湖面感受飒爽的风拂过脸庞，仿佛置身于苏州的金鸡湖。”周老师笑道：“所以说是看谁像谁。”

是啊，看山是山，看水是水。辛弃疾早就说过：“我见青山多妩媚，料青山见我应如是。”人工的讨巧只要雕琢得不露痕迹，也能达天然的效果。初看山是山、水是水，继而山不是山，水不是水，终乃山还是山，水还是水。这才是人生的大境界啊！

回去的路上，我们望见了云龙湖对面的解忧桥，一座特别别致的拱桥。多少解忧的故事从历史中走来。相传汉太初年间，汉武帝封刘解忧为公主，后者以公主的身份嫁给军须靡。解忧公主秉承了祖父刘戊刚强、勇敢、开朗的性格，全力维护乌孙与汉朝结盟。这一时期，汉王朝与乌孙国，两国友好的关系达到高潮。为了纪念解忧公主，后世便命名这座桥为解忧桥。

解忧桥的故事是第一次听说，解忧桥的名字多好听：解散忧与愁。远嫁西域的解忧公主是否真的没有一丝怨忿？对此我们无从知晓，只是人生短短百年，总该以最积极的态度去抗衡生命里不可预知的因素，不纠结于当下，不困惑于未来。总要以无忧无虑的乐观去度过一段生机勃勃的光辉岁月吧！

何老师夫妇滔滔不绝地给我讲着彭城的故事、彭城的历史。周老师问我对徐州的印象如何，我笑着说：“还好吧！”她哈哈一笑说：“没关系的，你说不好我们也不会生气的。”我想，如果非要用一个词来形容彭城，那就是——雄浑。

最后，用一首萨都剌的《彭城怀古》来结尾吧：

> 古徐州形胜，消磨尽，几英雄。想铁甲重瞳，马骓汗血，玉帐连空。楚歌八千兵散，料梦魂，应不到江东。空有黄河如带，乱山回合云龙。
>
> 汉家陵阙起秋风，禾黍满关中。更戏马台荒，画眉人远，燕子楼空。人生百年如寄，且开怀，一饮尽千盅。回首荒城斜日，倚栏目送飞鸿。

绿皮火车的温度

年终北方的一场大雪，猝不及防。高铁晚点，动车停运。火车站里乌泱泱一片，挤满了归乡心切的人。每年春运的时候，都能在高速公路上看到车顶绑满了东西的车子，在候车厅里看到拎着大包小包回家过年的工人。那些沉甸甸的行囊，满载着对家人的思念、亲人的期盼、朋友的嘱托。无论是绿皮火车、高铁动车还是私家车，只要车轮丈量的地方，那就是回家的路途。

气象台预报说，今年的春运，中部大部分地区赶上了一场近年来持续时间最长的降水——大雪和冻雨。先是河南及其中部大雪，继之以周边大雪，接着是湖北中心带区的冻雨。而这些地区，恰是南北交通大动脉所在，归乡的人们笼罩在了高速公路关闭、列车停开或是降速以及飞机延误的阴影中。老子曰："天地不仁，以万物为刍狗。"然而，无论是风霜雨雪，还是长渊危浪，天下无远客，归心最是切。

有人在车站大厅的角落里轻轻地哼着蒋大为的《北国之春》："亭亭白桦，悠悠碧空，微微南来风……"歌声低沉、婉转、悠扬，如回忆，似叙事，一句句娓娓道来，直唱到人的心头里去。也有人坐在半路停运的动车上，拿起手机拍到不远处平稳跑过的绿皮火车，羡慕地自嘲："看，关键时刻，你大爷还是你大爷！"中国人永远不缺幽默和乐天的精神。

对绿皮火车的印象还停留在上大学的时候，那时候每个月微薄的生活费并不能支撑我不知天高地厚的梦想，要强的自尊心也并不允许我伸手再向辛勤打工的父母要钱。于是，在那段求学的日子里，我开始拼命读书、写作，靠着发表文章所取得的稿费换取了一笔笔走南闯北的车旅费。第一次出远门，从南通坐了一整夜的绿皮火车，独自一人到北京陪郭老师参加活动。沿途的风景已经忘记得差不多了，独自在硬卧最上铺的压抑与孤独也已经被时间冲淡，唯一难忘的却是当年从隔壁车厢里传来的一位中年大叔哼唱着的《女儿情》，沙哑的嗓音里带着阅尽世事的沧桑，熟悉的旋律深沉地传遍了整节车厢。工作后也没怎么坐过绿皮火车，为了节省时间，出远门会选择飞机，到周边是自驾或者高铁。坐动车常常是还没睡醒就到站了，留在脑海中的都是列车出发和到站的声音，可每每望见绿皮火车，我的脑海里依然会响起曾经那位大叔哼唱的《女儿情》的旋律。尽管我们从未谋面，这声音却挥之不去。后来我才明白，这沧桑的声音里，深深烙印着中国人漂泊与归乡的复杂情愫。

绿皮火车对大多数人来说，是一种情结。有人问，为什么高铁上的人很安静，而绿皮火车上却是叽叽喳喳的？网上有一段高赞的回答："因为高铁坐的是儿女，火车坐的是父母。高铁是理想，火车是归途。高铁动车是中国速度，绿皮火车是中国温度。"是的，高铁很快，快得让人记不起邻座的样子；火车很慢，慢到可以听一个人讲完他的一生。就像无论多少年过去，当我才开始听懂年少时在火车上听到的歌声，蓦地就发现自己也已不再年少了。那绿皮火车"哐当，哐当"的声音，载满了时光的记忆，诉说着不同的人生、不同的故事。那里有泡面的味道，有嘈杂的声音，也有浓浓的烟火气和无法抛掷的情怀。我们出发得再远，成年后终将明白：哪怕读书万卷，江山在望，也抵不过家人闲坐，灯火可亲。

生命是一场化缘

沿着京杭大运河的堤岸驱车前往高邮镇国寺，还未下车，便透过雨水打湿的窗户隐隐约约瞧见寺前的牌坊。没有苏州寒山寺的香火鼎盛，也没有安庆迎江寺的雄姿巍峨，我想，当年唐懿宗宗弟看中这里的或许仅仅只是运河的汩汩流水、珠湖的滔滔雪浪，可是谁会料到曾经法务之盛传至朝廷的镇国寺，如今已是门可罗雀，来这里的人相对要少许多。王维说："空山不见人，但闻人语响。"此刻倒真的是空空的寺庙不见来往僧人，只有我们低低的交谈声了。

我们一行人打着伞往镇国寺里面走，穿过九曲长廊，抬头目之所及是四角攒尖式的塔顶，粗线条望去，似乎每一座寺庙都大同小异，然而，这里的金身罗汉像却要比迎江寺多得多，这里的佛像也似乎因为少有世俗的打扰而更显祥和、安宁。于是，每至一座寺庙，便开始发问生命的意义，生命是有意义的吗？这样的问题如果抛给胡适，他肯定会一本正经地回答你："有，你要生命有什么样的意义，它便有什么样的意义。"可是人永远辗转在无穷的欲望之中，更无法绕过生、老、病、死轮回的折磨。俯仰于天地之间，如何才能找到终极的归宿？作为俗人的我，还是不得而知。

烦恼不起，清净自如。《心经》中说："色不异空，空不异色；色即是空，空即是色，受想行识，亦复如是。"这种深奥玄虚的偈语在多数人看来都太过模糊，说得清，却听不明白。其实，回过头来看，在千百年的历史中，先人留下来的多少诗词的字里行间都透着不染纤尘的幽静。“行到水穷处，坐看云起时。”“采菊东篱下，悠然见南山。”怎样理解其中的道理，各人有各人的体会，然而这些诗句背后的作者那不执着、不黏滞的飘逸姿态，却是完美地诠释了超然物外的要义。当在俗世中修行的我们听懂了其中的弦外之音，那也就离觉悟不远了。

从镇国寺出来的时候，无意中在门口的角落里发现了一座憨态可掬的小沙弥石像，它整个已经被雨淋得湿透，可是脸上的表情仍然保持着一贯的微笑，双手合十。不由得想起北京天寿园里，侯跃文先生墓前那排半个身子被埋在泥土里、半个身子露在外面、高低不一的小沙弥石像。那时候不解何意，问师父，师父告诉我们：“尘归尘，土归土。”

尘归尘，土归土。在顿悟出现之前，总要走过一段黑暗、苦痛的历程，凡事终了，叶落也要归根，不为生而喜，不为灭而悲。

离开镇国寺的时候，抬头看见牌坊的背后赫然刻着“来此为甚”四个大字，问得人既发笑，也无从回答。是啊，来此为甚？我们留下的，大概也只是雪泥鸿爪罢了。

没有了佛、法、僧的镇国寺已然不是一座严格意义上的寺庙，但我却尤其喜欢这样的清静，喜欢这里的清寂与坚守。在喧嚣的尘世间，总需要突破自我的偏执，让内心丰盈、平和、喜悦起来。生命是一场化缘，应无所住而生其心。

来此为甚

学校组织春游，至昆山千灯古镇。

这里是喊出“天下兴亡，匹夫有责”的顾炎武的故乡，是“百戏之祖”昆曲创始人顾坚的故里。

我们到达古镇的第一站便是顾炎武故居。

学生们从车上蜂拥而下，无法抑制的兴奋和嘈杂瞬间打破了故居的宁静。我抬头，望见赫然在目的五个篆书大字——顾炎武故居，落款是著名书法家顾廷龙。心想：这便到了。据说，此处之前曾是千灯中学校园，仅顾炎武墓和祠堂是旧迹。

在导游的带领下，我们依次有序地往里走。故居为整个宅第的主体，朝东落西，为五进古香古色的明清建筑。每一处厅堂给人的感觉都是不太宽敞，却每每都有一进连着一进的“别有洞天”之感。我望见先生的铜像，安静而肃穆，眼神里透着士大夫那忧国忧民的关切。此时正值中午，导游让学生们就地自由活动后，便去替我们取餐了。

本就不大的亭子里顿时嘈杂得像游乐场一般，被释放了天性的孩子们在树下，在山茶花下，在鹅卵石铺成的小道和假山之间你追我赶，大声喧哗。似乎给他们一片空地，任由他们追逐打闹，要比带着他们走访一个个“空屋子”有趣得多。我叹了口气，坐在顾氏亭林的走廊里，总觉得这场景于先生、于顾宅、于这沉淀了千年文化气息的亭台楼榭是不和谐的。哪里不和谐呢？我说不上来，只是心里着急地想：这可是先生读书的地方啊！

导游替我们取了盒饭来，没有地方容我们坐下吃，只能将就地学着其他老师，坐在亭林外围的栏杆上。我再一次愧疚于我们如此的“大快朵颐”，与本应是清静、朴实的江南小园林真是格格不入呀！无奈又只能安慰自己，先生本就以“怪”著称，姑且也把我们当作一回“怪人”吧，回头再修那锦心绣口。再看先生的铜像，他永远都保持着这副“纵往观来”的姿态，静静地望着我们这群不速之客。

说起顾炎武先生的“怪”，不能不提另一个人——归庄。

归庄是归有光曾孙，继承了曾祖父的文学才华，本是一介文人，然而他为报明亡之仇起兵抗清，事败之后亡命他乡，后来归隐山林，每日“纵酒狂歌，长篇短咏，挥洒淋漓”，以卖书画为生。也正因明末时的归庄与顾炎武都负有才名，且耿介绝俗，人称“归奇顾怪”。清代阮葵生在《茶余客话》卷九中写道：“(顾亭林）与同邑归庄齐名。乡里有归奇顾怪之目。”至于顾炎武先生的“怪”从何而来，我知道的却是甚少，只从清代江藩《汉学师承记·顾炎武》中读到过有关先生的一两句记录：“读书一目十行，性耿介，绝不与人交，独与晨庄归庄善，同游复社，相传有归奇顾怪之目。”从这里看来，先生不仅才绝，性情也绝。

我想，两个同样拒不仕清的文人，能够在国家兴亡之际，用自己毕生的才华和精力，扛起那“匹夫有责”的担当，那样的耿直，不仅只属于文人，更属于他们的铮铮傲骨吧！

我们在故居停留了小半天，饭后再往古镇走，入延福禅寺，瞻仰了第一大玉卧佛。天真不懂事的孩子们一进寺庙，便急着往里面冲，丝毫顾不得脚下的门槛了。直急得人在一旁乱喊：“不要踩门槛呀！不要对佛像拍照呀！”我开始疑惑，这里到底需要绵延鼎盛的香火，还是亘古以来的清净呢？

再出来时便该返程了，返回时依旧要穿过顾炎武的故居。路上，一位外来的游客问我：“老师，你知道听昆曲往哪边走吗？”我抱歉地摇了摇头，兜兜转转，带着一个班的学生，导游并没有向我们介绍这里的景点与风俗历史，我也没有兜到古戏台和听昆曲的地方，或许是没有缘分，或许又应该庆幸。

先生的铜像波澜不惊地矗立在那里，厅堂旁“天下兴亡匹夫有责”八个大字甚是醒目。从顾氏宅第出来后便上了车，终于舒了一口气。我总觉得，到这里，先生该问我们一句：来此为甚？

行走包公祠，俯仰天地事

和郭老师在合肥的天鹅湖大酒店吃过早饭，虽已日上三竿，但没有了紧凑的行程和安排，于我们来说，真算是一件轻松而愉快的事。边吃饭边搜索着附近的景点，郭老师说："我们去包公祠吧？"一拍即合。

我们的行李较多，各自背着沉甸甸的一摞书在身上。酒店的房间已是退了的，想着包公祠离这里也并不是太远，打车过去，料想总该有可以寄存行李的地方。

对于安徽这个省份，以前真的很陌生。在读大学之前，既没有到此一游，也没有相识的朋友。上大学后，我来安庆的次数多了，慢慢对安徽的人和事有了更多的好感。也许是和江浙毗邻的缘故，安徽人的外貌气质、言行举止，很有江浙人的味道。男生们温文尔雅，女生们娟秀贤淑。这里的风情和质朴，总是深深地打动着像我一样外求热闹、内求安逸的人。

长大后学会站在自己的角度去思考，去排除某些人固有思维中的偏见。每一寸土地，都有它的可爱之处，而每一个我们所认为的异乡，都是他人的故乡。

我们打车来到位于安徽省合肥市环城南路东段的包河公园，目的地包公祠即在园内。包公祠的全称是包孝肃公祠，简称"包公祠"。据说明弘治元年（1488），庐州知府宋鉴在此修建包公书院，故名为包公祠。

郭老师放下行李前去买票。等了许久，她匆匆回来，把票递给我。我们环顾四周，竟是门可罗雀。但也不难理解，在这样的大热天里，售票人员、检票人员都纷纷躲进了开着冷气的值班室里，哪儿有像我们这样闲情逸致的人，挑了一个正中午，太阳暴晒的时候来游览包公祠的？拿着手里的门票，没有导游，有些无所适从。郭老师说："这里有好几处景点，我也不清楚该参观哪些，就跟他说要最贵的票，我想我们来了就带你都去看一看嘛！"

眼眶微热。

背着沉重的行李检票进正殿，央求工作人员允许我们把厚厚的一堆书寄存在门口，没想得来的却是冷冰冰的拒绝。想来也是，在铁面无私的包公面前，哪有什么人情可讨，一切都是按规章办事。工作人员无非就是怕丢了东西担责，好说歹说仍是不肯应允。不知道座上那为民请命的、心怀仁义的包拯遇见了这样的事会怎么想，无关法度，只为求个方便，也要如此为难？

我们还是背着十多斤重的行李进去了。包公祠由白墙青瓦构筑的封闭式三合院组成，主建筑是包公亭堂，端坐着包拯的高大塑像。壁嵌黑石包公刻像，威严不阿，表现了"铁面无私"的黑脸包公的凛然正气。亭堂西面配以曲榭长廊，东面有一六角龙井亭耸立，内有古井，号"廉泉"。

据说，关于亭外的包河和包公祠还有一段故事：仁宗皇帝封包公为龙图阁大学士时，还将半个庐州城赏赐给他，谁知包公却说："臣做官是为国家和黎民百姓，不是为了请赏，所以我不要。"仁宗听了暗暗称赞，但又觉得什么也不赏赐，心里过意不去，于是就说："那就把包家门前那段人工河赏赐给你吧！"包公想，河不比田地，不好分，不好卖，富不了，也穷不尽，就谢恩接受了。

像包公这样清正，不免总叫人联想起一大批和他同样有气节的人。伯夷、叔齐、海瑞、贾谊……乃至于竹林七贤、扬州八怪那样的不合时宜，被社会扭曲了的怪人，他们的清、奇、古、怪都成了一种姿态，深扎根，挺其身，老身将朽而不忘遗泽后代。

我们往里走，不多时已经是汗如雨下。郭老师让我把行李放在大门口的台阶上。我不放心地回头望，郭老师说："没事的。放在我们看得见的地方。"于是，行至香炉鼎盛处，我们坐下来歇息，远远地刚好可以望见行李搁置的地方。想来在这样庄严的大殿之前，菩萨的眼皮底下，也不大会出现顺手牵羊之事吧？我望着头顶上低眉的菩萨，那颗担忧的心渐渐安顿了下来。

出来时望见包公祠内有一块引人注目的刻石，此乃1973年4月从合肥市东郊大兴集包拯墓中清理出来的"宋枢密副使赠礼部尚书孝肃包公墓铭"刻石，这块墓志刻石较《宋史·包拯传》更为详细地叙述了包拯的一生，可以起到补史的作用。我在刻石前驻足良久，体会大宋的繁华，感受包公的清正。在祠中盘桓半日，心想：大浪淘沙的历史之中，一个人无论官位有多大，总是要还原为人；一个人不管寿命多长，总要变成鬼。历史向来都是在众多的百姓中筛选出少数，擢拔为神，享四时之祀得以永恒。

我们去的时候，包公祠内大屏幕上正放映着《包龙图打坐在开封府》的戏曲唱段，走的时候，包公像前，他的目光还是那样的威严、有神，如水般澄净。他正襟危坐，俨然在历史长河中沉思默想，俯瞰着世间一切的是是非非。

从苏城到宜城

苏城

平江路的旧式民宅随处可见，走几步便是琴声悠悠，三里多长的青砖石板路能让人走出长长画卷的感觉来。来这里喝茶听昆曲，偶尔还于闭目中频频点头，这才是与苏东坡“人生闲雅”的调子相合了。

苏州这样柔情的城市，必然衍生出许多风花雪月的故事。没有历史的文化是空白的，没有故事的城市是苍凉的。何况平江路这样一条充满着浪漫与诗意的街道，没有理由会缺少故事来点缀她作为历史文化名街的一生。于是，一个充满才情的文人脱颖而出，或许他的名气没有白居易那样大，他的名字也没有被后人记得如此之牢，但是一提到他的妻子赛金花，这段“梨花海棠”的历史，便会令许多人恍然大悟。没错，一个是同治七年高中状元住在平江路悬桥巷的洪钧洪状元，一个是正值妙龄的名妓赛金花。就是这样一段看似荒唐的爱情，让其本身的浪漫性质甚至盖过了洪钧仕途上的名气。风韵优雅的赛金花在洪大人为其建造的房子里滋润地过着江南女子的生活，饭后还经常听评弹唱昆曲，其温和的品性宛然如一朵在江南水乡中徐徐舒展的海棠。洪钧应该称得上是赛金花生命中的一位贵人，世上广为流传着艳若桃李的“花国状元”嫁给了两鬓染霜的真状元，两个状元配一双，一树梨花压海棠的佳话。洪钧虽则年老，却让本是江上卖唱的风尘女子一跃成了状元夫人，对于赛金花来说，这怎么能不算人生中最重要的一次跨越？

可惜的是，洪钧在五十五岁的时候便去世了，留下了依然风情万种、年轻貌美的赛金花。所以赛金花和苏州的情分并不长远，尽管无限感慨，她还是离开了平江路，离开了苏州，转而去了上海，从此浮浮沉沉，三番沦入烟花。

历史就是真真实实地摆在那儿，余下的，后来的苏州人是不能够将她与平江路的联系剪断的。无论对于赛金花怎样评价，当我们一次又一次地去驻足体会，伸手触摸着这里的木扇花窗时，还是会打心底里猜想：是否会在某个时空交错的尽头与这位传奇的女子来一个倾心一遇？

二十四桥明月，玉人何处吹箫。倘若光有令人动容的爱情故事，那还是不够的，置身市井，你可以暂时抛却所有的缠绵悱恻，然而闭门即深山，退一步，则愈见寒山古刹的清净与孤寂，这应该是姑苏的又一番味道了。

一千四百多年的历史，先后遭劫，五次火灾后重建。如今她以安稳的姿态兀自立于姑苏城外，千年香火不断，仿佛历经风霜之后趋于平静，那些令人顶礼的伤口只是为苏州这座城市镌刻了时代的烙印，有柔有刚，刚柔并存。

张继与寒山寺是颇有渊源的。那首脍炙人口的《枫桥夜泊》便出自这位唐朝大诗人之手。“月落乌啼霜满天，江枫渔火对愁眠。姑苏城外寒山寺，夜半钟声到客船。”枫桥下的水载着一位仕途失意的诗人的愁思缓缓流淌，夜泊客船，难以成眠，而寒山寺的钟声便又如梵音般一声又一声地敲击着这位诗人的心灵。历史上多少落榜的文人在回归的途中与其所历经的城市有了错综复杂的联系，这种联系大多以无限的愁思与愤懑为开端，那种沉闷的情思令人看山是凉，看水是凉，看景是凉，看明月更是冷寂孤清到了极点。哪怕苏州再怎样的灵动妩媚，我想，在张继的眼里，姑苏的风情就是那一夜不寐的钟声。

江南园林甲天下，苏州园林甲江南。苏州以园林著称，其建筑的艺术精华将古城苏州的小巧玲珑、精巧别致完全融进了园林中的山水庭院。有多少碑刻作品在这儿尚且不说，难得的是一座城市包罗了如此多不同风格的园林，可见历史上的这些规划者是颇费了心思的。宋、元、明、清，分别诞生了沧浪亭、狮子林、拙政园和留园，一个朝代便是一座园林，“不出城郭而获山水之怡，身居闹市而有灵泉之致”的盛誉，无形中将苏州的历史文化又推上了一个值得探究的高度。这种时间的艺术、历史的艺术没有给人以矫揉造作的堆砌之感，相反，幽居深处体会私家园林的暗香疏影，倒更显出对“不食人间烟火”的苟同了。

说到苏州，还有一个人不能不提：江南四大才子之一的唐伯虎。苏州是唐伯虎的故乡，苏州城北半部很多以“桃花”命名的街道都与这位才子有关。唐寅祠还在，准提庵还在，这令人欣慰，似乎令人感觉还能从桃花坞大街这儿找寻到当年这位风流才子的些许踪迹：

桃花坞里桃花庵，桃花庵下桃花仙。
桃花仙人种桃树，又摘桃花换酒钱。
酒醒只在花前坐，酒醉还来花下眠。
半醒半醉日复日，花落花开年复年。
但愿老死花酒间，不愿鞠躬车马前。
车尘马足富者趣，酒盏花枝贫者缘。
若将富贵比贫贱，一在平地一在天。
若将贫贱比车马，他得驱驰我得闲。
别人笑我太疯癫，我笑他人看不穿。
不见五陵豪杰墓，无花无酒锄作田。

唐寅的《桃花坞》写得太风流隽逸了，以至于凡是读过《桃花坞》的人无一不醉倒在唐寅的桃花林之中。从此，后人也于蛛丝马迹中窥见了这位大才子的风流韵事。它像是在草木丛生的江南滋生出来的别枝，因为有了唐寅，一段段故事在风雨飘摇的枝柯上开满了桃花。令人难以想象的是他，终日昏昏睡梦间，醒也是酒，醉也是酒，呼朋唤友要喝酒的状态，或许那个时代普遍将精神大美凌驾于物质基础之上，即便是走投无路、困窘不堪，依然也要快意恩仇。

如此这般，酒，倒真是个好东西。

如唐寅般，他们都有足够的定力守着那座属于自己的城。没有人能真正确切地用语言来表述出这种境界，但是每一个人却都是那个“守城”的践行者。“人在千里，魂梦常相依”的情感附属，多是萌生在故乡的土壤之上的。生于斯，长于斯，我的启蒙之地却在苏州一个知名度不高的小城镇——黄埭。

两千五百多年的历史比起寒山胜地来似乎更值得人去咀嚼回味，类似这样的城镇常常被遗漏在城市的一角。但是有心人会发现，相对于人人向而往之的地方，这类城镇是“麻雀虽小，五脏俱全”：历史，有；故事，有；名人，有。当你拂去满身的尘埃，寓居到大城市的一个角落时，精神上恍惚适逢了一座桃花源。

战国时期楚国名相春申君黄歇在此兴修水利，筑成堰埭，初名春申埭，后改黄埭。据说过去的黄埭也相当繁华热闹，琳琅满目的商铺街店、云集千帆的水陆交通、香火鼎盛的兴国寺……其兴盛程度从照片的缩影中可见一斑。而今，黄歇的石像依然屹立于此，苏州人和黄埭人是颇敬春申君的，不仅因为他的宽厚爱人、尊贤敬士，更因为他的忠信与不幸。

贫瘠的土壤往往能在回忆里开出最绚烂的花儿。如今的中市路与黄埭大街在历经沧桑、斗转星移的变化中淡去了昔日的客家风情与农家繁华，古寺庙的遗址似乎也不复存在。我的高中母校就坐落在这里，将近百年的历史，黄埭中学在百年的历史长河中不断吸收着千年古镇黄埭的灵气与精魂。它是这座古镇的见证者，而我在这里短暂的三年，不知是否也算得上是它的见证者？

有城市情结的人大多有故土情结，而有故土情结的人大抵又有母校情结。在梧桐渐落的深秋走进埭中的大门，眼见满地飘落的黄叶，是“满地残阳，翠色和烟老”的心疼。如果把埭中比作一艘在航海中行驶了百年的大船，那么，连同这座中学的创始人沈炳奎先生以及一届又一届的校长在内，他们，便是这艘船上的老船长。尽管如今的埭中似乎已经过了那个扬帆起航、急流勇进的阶段，可是专属于她的埭中的精魂还是在的。江南水乡孕育出的象牙塔，必然有虎丘宝刹巍峨不倒的气势，有鱼米之乡恬静安然的氛围。

印象里最美的季节还是秋天，满园桂花飘香，坐在教室的窗口旁朝楼下望去是金灿灿的一片，阳光是暖的，落叶是暖的，花香也是暖的。此刻，最美好的年华就流淌在笔尖，在一张张白纸上沙沙地打磨着一份份战绩。

是啊，无论走的路有多远，无论离开得有多久，成长的是我们，不变的是土地，远望着寒门，惊梦到三更，这里依然有白发苍苍的老母亲，在等着你归来。

宜城

树上的鸟儿早已经飞入了千万家，女驸马的歌声还飘荡在这里的大街小巷。皖山皖水，她的低调与质朴一如既往地吸引着那些与她有缘分的人。缘分真是个奇妙的东西，它能够将千里之外本来毫无瓜葛的城与城、人与城，乃至人与人，竟相联系在一起。信的人则信了，不信的亦无需过多的说辞。

我与安庆的第一次晤面，是在桃红梨白春渐暖的三月，阳光洒在大地上，留下斑驳的影子，走在宜城的大街小巷，有别于苏州的风味，这里是安庆，东周时期古皖国所在地。她没有大城市的仓促，也没有小城镇的狭隘；没有流光溢彩，也没有满目疮痍。有的只是声声黄梅悠悠，汩汩皖江流长。

朋友问我："你知道'安徽'命名的由来吗？""安庆与徽州。"朋友莞尔，夸我竟然答对了。然而对于多数异乡人来说，或许徽州的名气更大一些。那水墨画里的徽州，那青砖黛瓦的徽州，那烟雨蒙蒙的徽州，被吟诵无数，近乎是理想诗意栖居的徽州，纵使没有亲历，也早已于诗于画中同她有了交集。而安庆似乎要内敛得多，她与世无争地置身于长江之畔，任江水或疾或缓地流淌，千帆过尽，来的人来了，走的人走了，她没有呈现出过于热烈或是过于敷衍的姿态，只在满城飘扬的黄梅曲调中温婉地接待与送别着这一切。

黄梅悠悠，可是，可是这乡音传出去了。它穿越了五湖四海，穿越了历史长河，传到了中华厚土的角角落落，采茶调的清新自然，它的通俗、大众使安庆这个低调的小城瞬间被人们所知悉接受。

于是，有人循声而来了。我自嘲道，这座小城竟能够让我在一年之内奔赴了多次，且从未以路过者的身份，倒也算是把"寻声，寻人，最终寻迹"这三条标准彻底落实了吧。万佛古寺，沿江名刹。振风塔的巍然令人虔诚，一如它的名字，刚强而不失柔和，严肃而不失风骨。

然则每一座城市都是有它的标识的，那些标识不但是一种使游子魂牵梦萦、心心念念无法忘却自己故土的向心力，更是各自独树一帜，凭其特有的品质与灵魂吸引着四面八方的游客。譬如苏州有小桥流水、昆曲评弹，安庆则有迎江古寺、天籁黄梅。

从苏城到宜城，从吴侬软语到采茶调民歌，从历史到而今，从长江的这一端到那一头。

嵊州：一座有戏的城市

幕布开，灯光亮，锣鼓响。舞台上咿咿呀呀的唱段至今在脑海中记忆尤深，那是小时候跟着老一辈人在农村看“走穴”的戏班演出的场景。每逢重大的日子，总会有戏看；有戏看的日子，也就成了记忆里最重要的日子。每到夏天，男人和女人们吃过晚饭收拾停当，就赶忙搬着自家的板凳来到戏台前，可无论多赶，到了地方总会发现这里早已是里三层外三层的人。流动摊贩是常常有的，他们提着一个用棉被紧紧裹着的小篮子，里面卖的是五分钱一根的冰棍。小时候不懂事，我们去看戏纯粹是为了买零食买冰棍，如今是为了看戏而去看戏。渐渐地才体会到戏曲的美丽，无论经过历史多少年的大浪淘沙，那些妆容依然精致，那些唱腔依然悠扬，那些举手投足尽是风情，那些看戏的老头儿老太太依旧专注热情。

到嵊州采风，两天短暂的旅行，似萍水相逢，又恰如故人重逢。嵊州，它是越剧的故乡，和越剧一样婉转多情。百年的越韵，千年的文化，且不说王羲之当年曲水流觞的兰亭，或是可以“全揽剡中之胜”的溪山第一楼，就单单是这里的街头巷尾随时传来的悠扬越韵，就足以让人唏嘘陶醉了。风景之美，人情之美，越剧之美，处处皆美。

我们一行人从王羲之故居出来，驱车到了溪山第一楼。溪山第一楼的对面就是越剧博物馆。我是冲着越剧来的，从外头望去，博物馆并不大，走进去方才知道是“麻雀虽小，五脏俱全”。作为中国五大戏曲剧种之一的越剧，最早轰动全国是在民国初期。“越剧十姐妹”的成名着实推动了这个从乡间田野成长起来的剧种的发展，到如今，它已成为世人皆知的全国第二大剧种。十姐妹包括袁雪芬、尹桂芳、筱丹桂、范瑞娟、傅全香、徐玉兰、竺水招、张桂凤、徐天红、吴小楼。这几位于1947年同台演出《山河恋》，因此得名。“越剧十姐妹”里有三位是小生演员——尹桂芳、徐玉兰、范瑞娟，擅长生、旦两行的是竺水招；还有三位是老生演员，即徐天红、张桂凤、吴小楼。我顺着鹅卵石小道往展厅走，第一眼便瞧见越剧尹派艺术的创始人太先生尹桂芳的半身石像安安静静地坐落在草坪上。或许是对越剧尹派情有独钟，也或许是深受太先生的关门弟子王君安的影响，当第一次真正望见太先生的石像时，竟一时泪目。她的姐妹王文娟曾提及自己与尹桂芳先生的一些往事：

> 那时尹大姐刚从香港回来，在兰心重整旗鼓，我这个资历甚浅的年轻花旦能有机会与名小生合作，心里不免有些惴惴。兰心戏院当时为外资所有，装有空调，所以炎夏也能照样演出。七月二十日，开幕戏《双枪陆文龙》上演，尹大姐演陆文龙，我演群凤公主。开场前，我显得有点紧张，尹大姐看出了我的心思，安慰我说：“小妹妹，别紧张，放松……”长姐般和颜悦色的态度，以及那熟悉和带有亲切感的唱做，都让我想起了老师竺素娥，演出配合十分顺畅。
>
> 当时一般演出合约都是半年一签，不过演完第二部戏《浪淘沙》之后，芳华剧团就与兰心戏院提前解约了。因为兰心提出要增加场租费，尽管演出卖座很好，但即使场场客满，剧团算下来也还是要赔钱。8月31日演完最后一场，尹大姐与我道别，并送给我一张剧照作为留念。芳华与兰心中途解约，可能给我下半年的安排带来麻烦，因为到8月底，大多数戏院已经聘定了演出阵容。不过我很快就加盟了玉兰

剧团，解约一事并没有对我造成实质影响，所以我也从未放在心上。

20世纪70年代末，尹大姐不幸因病瘫痪。一次在上海作家协会的礼堂遇见尹大姐，她拉着我的手说：“文娟妹妹，当初的事情，我对不住你。”我听了一愣，时隔三十年，没想到历经风霜依然诚挚待人、严以律己的大姐还在纠结当心的事。我十分过意不去，拉着大姐的手，轻声地安慰她说：“大姐千万别这么想，我真的从来没有怪过你。”在我的心目中，尹大姐永远都是那位乐于提携新人、待人宽厚友善的大姐。

虽然先生已经离我们远去，我们却能在他人对尹桂芳的评价中窥见先生生前的为人处世——善良、宽厚、仁爱，有大家风范、大师之德。如今芳华越剧团大厅的墙上仍然印着太先生“认认真真唱戏，清清白白做人”的箴言，回想先生生平，她为了越剧注入了自己一生的心血、一辈子的热情。如今恰逢太先生诞辰一百周年，我们无法再一睹其音容笑貌，却能够有幸在她最得意的弟子王君安身上看到太先生当年的影子。倘若能够安安静静地听完一段尹派的《盘妻索妻》，定会被其深深吸引。它柔美细腻、婉转动听的唱腔，柔柔美美直酥到人的骨子里，这样的越剧，又怎能叫人不爱呢？

在太先生的石像前伫立良久，轻轻为其拂去灰尘，我的脑海里浮想联翩，内心说不出的百感交集。

越剧博物馆有三个展厅，分列在两层楼内，里面陈设着许多珍贵的戏曲物件。墙上贴满了当年戏曲演员们的珍贵影像，黑白照片更显出历史的厚重与沧桑。当我们从越剧博物馆出来，走到嵊州的街头，目力所及尽是拉着二胡、操着胡琴的老艺人免费给愿唱的人伴奏，感动与敬佩在我的心中油然而生。这里不愧是越剧之乡，这里的大多数人对于越剧都能够张口就来那么几段，这里到处都是唱戏的班子。我想，在这里感受到的那份对越剧的喜爱和热情，又何尝不是对越剧艺术家们的一种致敬呢？

或许，当下的我们应该反思的是，在快餐文化成为主流消费，传统艺术（尤其是戏曲）的生存岌岌可危的情况下，还有多少人愿意去看、去听这样的戏剧？但是我想，无论它传达出的是怎样的爱与恨，令人欢喜或是悲痛，只要它所表达出的情感能给人以一种启示性的光芒和共鸣，那就是值得珍视的。这样的话，看一场戏，听一场戏，才会觉得戏曲将所有的深情、美好、感动都融在了戏曲演员的唱词、念白、眼神、台步或是水袖之中，如梦境般缠绵悱恻。我们会跟着剧中的人物，或悲或喜，又是如此真真切切。

越剧有大美，大美在嵊州。

两山排闼送青来

用一个周末的时间，跨越一千多公里，从苏州到北京，参加了人民文学社组织的一场《红楼梦》四十周年纪念版分享会，也见了见旧友。

高铁列车在轨道上飞速地疾驰，窗外是一片绿油油的梯田。我踏上往北的列车时，才真正感受到陶渊明在《归园田居》中所说的“久居樊笼里，复得返自然”。即使是昼夜兼程，也突然觉得不那么辛苦和厌烦了。于我而言，没有行走就没有思考，没有思考便形同槁木。

七年前我到北京，1987 版《红楼梦》中贾蓉的扮演者杨俊勇老师在这里请我吃了一顿饭。印象里那个高高瘦瘦的帅爷们儿还是翩翩少年的模样，我们在饭桌上高声谈笑，眨眼间故人却已不在，那一顿饭也成了诀别。很多年后，许多的人和事都逐渐淡忘，也有很长一段时间都不敢再读《红楼梦》。《好了歌注》里面诠释得最透彻：“乱哄哄你方唱罢我登场，反认他乡是故乡。甚荒唐，到头来都是为他人作嫁衣裳！”热闹之后一切终究归于沉寂。人生是一场虚无，因此我们更要把握当下。

在会场听了两个小时的讲座，关于阅读，关于人生，关于生活。参会的有中国红楼梦研究所副所长石中琪老师，中央美院人文学院教授、古典文学学者董梅老师，还有 87 版电视剧《红楼梦》里平儿的扮演者沈琳老师。我与沈琳老师已认识近十年，私下里我们常称呼其“平姐姐”。我在来北京之前没有告诉她，特意早到了一个小时。我看着她款款而来，背对着我脱下大衣，转过身后目光扫视了一圈。当我抬起头笑着跟她打招呼的时候，她惊呆了，指着我不敢相信地问："是你吗？""是我。"我点头一笑。那一刻，平姐姐给的拥抱依然如此温暖而熟悉，"久别重逢"真的是世界上最美好的词汇。

两个小时的时间很短，三位老师从不同角度解读了人生，由此更加感慨：跳出自我的天地之外，应当有更广阔的世界。见天地，见众生，见自我。由此，我开始思考：如今的我们又到底该怎样去用正确的方式和情怀影响我们的小朋友呢？

回来的路上，目光所及处，是窗外"两山排闼送青来"的绿意和丰盈。我看见了许多小小的坟墓，孤零零地置身于广阔的梯田中，坟墓上插着白旗，迎风飘扬。我不知道这厚土之下埋的是谁，却深感人生一世的悲凉。《红楼梦》中写道："昨日黄土陇头送白骨，今宵红纱帐里卧鸳鸯。"苏轼也说："世事一场大梦，人生几度秋凉？"人生一场梦这种觉悟，老早就有了，《庄子齐物论》中说："且有大觉，而后知其大梦也。"李白的诗里也写过："处世若大梦，胡为劳其生。"

可是，即便人生如梦，我投入的却是真情。世界先爱了我，我不能不爱它。

说走就走的旅程

今天读到一篇文章中说："在漂泊和写作中保持生命的浓度。"

大概所有喜欢写字的人都会有这样的感觉。

接到同事J的电话时，正埋头背着永远都背不完的单词。我挂了电话，用十分钟的时间收拾了行李，然后洗了个澡，到点，车已经在楼下等我。

穿过城市茫茫的夜幕，我现在在上高速公路的路上。

看过高山大海，也看过晨曦日落。

时间和我一样，说走就走。

同学对我说，要看看山，看看水，散散步，弹弹琴，节奏慢一些。

我说，是的，我曾经一直觉得只要"躲进小楼成一统"，便可以偏安一隅，可以没日没夜地写到天亮。后来我发现，永远待在一个地方，是写不了文章和作品的，无论去哪里、做什么，只要出门就能留心到细节，就会有故事，就好像我能想到某些人、某些人经历的事，然后把他们写进我的小说，这样，让我才有七分的自豪感，自豪于我也是一个讲故事的人。

车程有将近四个小时，考虑到时间之长，我决定和K交换着开。我上了车才想起没有带笔记本，问J有没有笔记本电脑，她一听便问我是不是要写字，我回答是的。无论在什么时候，在哪里，不能改变的是我要写字的习惯。她遗憾地说没有。

没关系，还有手机。

指尖在屏幕上用心地打下一个一个字，我望着前方黑色的空旷，我知道，我们还在路上。或许就是如此，不经意间反倒成就了一些事情。亦如人和人的遇见，都是不能预期的。

你我都一样，皆是这自然之态，可如山、如水，如这一花一草，如此微小，也如此唯一，如此与众不同。

我们渺小，却又与众不同。我希望，我可以更坚定地走下去，带着梦想和热情，知世故而不世故。

烟雨六月下扬州

平儿姐姐发来消息，说她要在自己的家乡扬州办个人画展了。于是，这个端午假期，我驱车一百八十公里，直奔扬州。

瘦西湖畔，满园花草，馥郁芬芳。六月的烟雨对久居北京的姐姐来说恰是最适宜的。扬州自古以来就是文人墨客流连和眷念的地方，湖畔楼台，幽深庭院，莺歌蝶舞，姹紫嫣红。总之，不论在山际水旁，还是廊沿亭畔，暖风拂面，予人以十分依恋之感。

我的姐姐出生在这里，从小在扬州长大、求学，后来又学习扬剧，进入了文工团，接着是因缘际会拍摄了1987年版的电视剧《红楼梦》，饰演了“平儿”一角，从此定居北京数十年。但是，画画却是姐姐内心真正热爱的事情，在退居幕后的很多年里，她拜师学艺，潜心绘画，闭门即深通，活得清透而热烈。

画展前几天，十八幅油画从北京打包提前抵达瘦西湖艺术中心，姐姐说，自己的油画出远门，就像自己的孩子出门一样。她从手机那头儿给我发来了布展的视频，让我提前一饱眼福。我抵达展览现场的那天，扬州市文化馆连同北京曹雪芹研究会一起举办了《曹寅全集》首发式、“《红楼梦》与大运河文化”等一系列活动，而姐姐的画展就是此次系列活动之一。我不懂画，可以说完全是个门外汉，但我却分明能够看见画上那些熟悉的人仿佛就是从相机里走出来的，又仿佛从我的身边走来的一样。惊叹之余，内心是感动、骄傲、震撼，是一股汩汩流淌在血脉中的强大力量。一个人能够用短短五六年的时间全身心投入自己热爱的事业并取得这样大的成就，从一名演员转型为一名画家，背后是很多人难以想象的时间、精力上的付出和坚持。

生活中的我总是跟学生、跟自己强调，要自律要坚持，要如何去做，可是却常常忘了真正的自律和坚持不是刻意为之，而是从内心真正想要去做一件事，不断地积累正向反馈，这样才会在坚持的路上越走越轻松。武志红说过：“唯有热爱，才有内驱力。”并不是在某个领域里能够鹤立鸡群才值得坚持，从内心里迸发出来的热爱，才能让人在坚持的过程中，并不会觉得痛苦，因为沉浸其中，能获得源源不断的成就感。热爱真的是一件了不起的事。

和姐姐告别离开扬州的时候，开车绕着瘦西湖慢悠悠地兜了一圈。我驾车沿着大运河，经过史可法路，放空一切，去感受“淮左名都，竹西佳处”的缠绵与风情。姐姐说，画画是自己最热爱的，也是最没有门槛的事情，拿起笔来随时随地想画就可以画。我想，写作也是这样，拿起笔来随时随地就可以写。

些子少年

这个假日，顶着酷暑，用脚步丈量苏州。

出地铁四号线三元坊站往南走二百米就是苏州的文庙，如今也称之为碑刻博物馆。外围土黄色的砖墙已经有些脱落，露出些许斑驳的岁月痕迹。一进大门，便是一座孔子像。范仲淹所在的明伦堂则位于孔夫子像的左手边。

苏州出了不少名人，有风流才子唐寅、兵家至圣孙武、第一绣娘沈寿……细数起来，恐怕苏州的每一个角落都能说出一两个耳熟能详的名字来。范仲淹是苏州人，景祐二年（1035），他出任苏州郡守，在此处购买了一块地皮，打算盖一座私宅。动工之前，范仲淹找来风水先生帮他看一看。风水师告诉他，这个地方风水极好，住在这里的人家将世世代代出卿相。听风水先生这么一说，本打算盖私宅的范仲淹却说："如果风水这么好，我不能独享啊。"于是，他将自己购买的这块地皮捐了出去，建立了后来被视为江南学府之冠的苏州府学，也就是今日的苏州文庙。

如今看来，当年的风水先生说的还是准的。有了文庙，就有了文圣的香火相承，更造就了苏州府在宋、元、明、清四朝状元及名人才子辈出。一直到今天，苏州出状元五十余名，属中国第一，现今苏州院士过百人，仍为全国之冠。苏州千年的文风，依旧鼎盛。

范仲淹以其"与其富贵一家，不如富贵一方"的思想捐出宅第，兴办府学，正是其忧心天下价值观的体现。文庙在三十多年的重修扩建中尽可能地保留当年的风貌，但如今的面积也只剩当年的六分之一。但是无妨，走过先生的塑像前，我们依旧能够感受到正义的力量。中华民族五千多年文明一脉相承，从未中断。儒家思想的核心，就个体而言，是仁义礼智圣德性论“五行”思想；就社会而言，是德道思想，即博爱、厚生、公平、正义……正是这些仁义、礼义、中庸的方方面面，构成了中华文化传统价值的基因。

范仲淹写过一首《剔银灯》：“人世都无百岁。少痴騃、老成尪悴。只有中间，些子少年，忍把浮名牵系。一品与千金，问白发、如何回避。”人活在世上，又有多少人能够活到一百岁，就算官居一品，财拥百万，谁又能够躲得过年老冉冉而至。所以他豁达，他通透，他舍得捐出自己的府第用来达济天下学子。范仲淹死后，宋仁宗赐谥号“文正”。经天纬地，化成天下曰文；内外宾服，守道不移为正。这是一个人的格局和境界。

文庙里有四棵古老的银杏树，年龄最大的是一棵寿杏，至今已有八百四十多年的历史。范仲淹和这个文庙的故事让它更加丰富厚重了。他的“先天下之忧而忧，后天下之乐而乐”足以成为我们仰视他的理由。这个文人，立言，有忧乐之辩；立德，有兴学之功；立行，有治理之业。起于青萍之末，最终盛名于世。究其一生，令人感佩。浮沉中的范仲淹没有留下脆弱的呻吟，唯有不断回响在历史余音中的慨叹：

些子少年，忍把浮名牵系。

第二辑

落梅花信今年早

郑老师

郑老师是典型的江南女子，在她的身上，拥有江南女子所应有的大气、优雅、温婉。郑老师爱笑，她笑起来清秀、温柔似水，弯弯的眉眼颇有明净山水的味道，就像王观词中写的“水是眼波横，山是眉峰聚”，也像那首流行歌曲里唱的“你笑起来真好看，像春天的花一样”。郑老师一笑，不自觉地就产生一种可爱的、治愈人心的力量。

我的学生都喜爱郑老师，郑老师是他们小学二年级时的语文老师。

五年级时，带学生上公开课，郑老师拿着听课本一溜烟儿从门口拐了进来，还没坐定的孩子们见了，个个激动地直喊：“郑老师！郑老师！”上完课的我故意酸酸地给郑老师发了一条信息：“你看，我们班学生见了你比我还激动。”学生笑，郑老师也笑。然而，我内心其实和他们一样地喜爱郑老师。

到了六年级，郑老师就常常出现在学生的作业里了。写作文时，郑老师就是那位“我最喜爱的老师”；做练习时，郑老师就是这个“小学生涯中最难忘的老师”。总之，凡有难忘的地方就有郑老师的身影，猴一样活泼的孩子们如此浓墨重彩又大胆表达的爱，很难叫我这个做班主任兼语文老师的不产生嫉妒。于是，我开始从学生的作业里找答案。有一天，一位学生在作业里写道：“郑老师总是有各种各样的零食奖励给我们，害得那时候我们都以为郑老师家是开超市的呢。”哈哈，终于被我发现了郑老师“俘虏”这群“小吃货们”的真心的秘诀，原来是“开了超市”啊！我心想，这还不好办？这招我也会。于是，接下来的日子里，我在办公室里也备起了各种各样的零食。学生帮忙跑腿了，奖励！默写全对了，奖励！考试进步了，奖励！一学期的期末考试结束，我拎着两袋子“奖励”在电梯里遇到郑老师，郑老师问：“都是奖给学生的吗？”我说：“你看，你都开超市了，我不得开一个小卖部？”郑老师哈哈大笑。

六一儿童节当天，学生们在兴奋中准备着庆祝活动时表演的节目。临时起意，我派班长和其他几位班干部自制“请帖”去分发给科任老师们来参加活动。为了故意“刁难”一下这几个猴精的学生，我特地又交代了一句：“怎么写、怎么请你们自己看着办，不许来问我，我可不管了啾。”二十分钟过后，班长大汗淋漓地跑了回来。“都去送给哪些老师了？”“英语老师、数学老师、美术老师……还有郑老师。”“老师们怎么说？”“郑老师说她一会儿就过来。”我心下疑惑学生的请柬上都是怎么写的，却也始终没有开口询问。当天晚上，郑老师发了一张照片过来。照片中，学生用彩纸做的请柬上赫然写着这么一串抬头：美丽、可爱、大方、温柔、漂亮、和蔼、聪慧、亲爱的郑老师……看了这一长串的溢美之词，叫人直呼“我的天”！万万没想到这群平日里与我“斗智斗勇”的“鬼灵精”，嘴巴像是抹了蜜一般，让人哭笑不得。我心下不服，到第二天晨会课憋着笑“质问”班长：“你给郑老师的请柬里写的是郑老师最美、最好，那杨老师我呢，到底谁最美最好？”班长抓耳挠腮羞红了脸。顿时，全班爆发出一阵哄堂大笑。

一眨眼，六年时光飞逝。这个盛夏，属于他们的毕业季就这么悄然而至。我望着台下四十六张童真的稚嫩笑脸，想着过往种种，欣慰于他们六年的小学生涯即将画上一个圆满的句号。在他们的回忆录中，一定有很多关于他们和我、和郑老师、和其他老师的故事。拍毕业照的当天，我特地请来他们喜爱的郑老师，在他们的气球上写下一句句祝福，放飞一个个梦想。我想，他们难别的是熟悉的校园，难忘的是完美的回忆，难离的是亲密的同学，难舍的是师生的情谊。作为学生，能遇到一个自己喜爱的老师，便是一生的幸运。只要学生记得老师曾经的教诲，努力奋斗成璀璨的星星，便是师长的骄傲。

相忘于江湖

尤老师走了，被调去另一所学校做校长了。临走前她心有不平地对我说："你要给我写篇文章，写我和你。"说起来叫人哭笑不得，尤老师内心的不平由来已久。就在我陆续写了郑老师、写了和德育处朱老师喝咖啡的故事发表在《姑苏晚报》后，每每在一起吃饭，她便故意当着我的面自嘲："看来我们俩还是不够交情呀，都没人写写我。"瞧吧，女性朋友之间吃起醋来，真是既可爱又好笑。

抛开工作不谈，私底下的尤老师大方、活泼且幽默。下班后接到尤老师的电话约晚饭，常常是猝不及防的，但她又常常是迟到的那个，于是电话里的她总会豪放地丢下一句："要吃什么你尽管点，姐有钱！"和尤老师去唱歌，她能够霸着话筒从越剧唱到沪剧，再到流行歌曲，三个小时下来依旧中气十足。她中间还冷不丁地故意笑话我："小宝，阿是你沪剧不会唱的呀？哈哈你真没用！"于是她又亲身示范，配合着身体律动，手舞足蹈的样子让我们捧腹大笑。她从来不肯服输，就在我说着谁谁的朗诵声音真不错的时候，她立刻又掏出手机，打开自己朗诵的一段音频给我听，倔强道："姐姐我的声音不好听吗？"总之，生活中有尤老师在的地方，就有接不完的梗。

去年，镇里要编写一套《家乡黄埭》的乡土读本。尤老师一个电话打过来，非常高兴地通知我和她两人一个小组。我心想：完了，尤老师可是一个偏执的工作狂，这回跟她在一起的任务可不轻松了。开会当天，我们被安排负责"美食篇"的撰写，尤老师笑着悄悄对我说："小宝，你负责认真写，我负责带你尝遍黄埭的美食！"开完会没多久，尤老师便拖着电脑带着书到我家附近来找我了，她笑嘻嘻地对我说，刚好在这边喝喜酒，趁着下午没事，干脆一起对下稿子吧！我的天！尤老师对工作的激情真叫人不知是喜还是忧。

听说尤老师被调走的消息后，我开玩笑地发了个消息给她："你要去那了，以后也不带我玩了。"尤老师知道我不愿意跟着她调动，故意回了一句："你去吗？你去我就带你。我想你也未必想跟着我。"

最后一句话突然叫人有些伤感。每年暑假一过，学校的人事总是大变动。来的来了，走的走了。走在人生的轨迹里，一路风雨兼程，才发现我们早已经青春不再。无论朋友还是同事，我都用特有的方式尽量把他们留在我的生活里。我欣赏尤老师这样永远充满激情、努力拼搏事业的人，也偏爱那些云淡风轻、宠辱不惊地用心经营好自己小天地的人。其实无论哪种生活方式，存在即合理。最后我们都会发现，生命的沉淀才是我们最大的要领。

我对尤老师说："以后你更忙了，我们只能在微信公众号里见到你了。"

是呀，相忘于江湖，也算是一种祝福吧。

戒咖啡二三事

每天早上到单位上班，经过德育处的走廊时，总能闻到一股浓郁而醇厚的咖啡香。不用猜就知道，一定是朱老师又在磨她的咖啡豆了。人还没有走近，隔老远就能被满屋的咖啡香诱惑得心里痒痒的。碰到雨天，这份浓郁的香气就混合着雨水的温润溢满了整个连廊，本来阴郁的心情瞬间就被这一缕香气给治愈了；碰到晴天，在明亮的光线下看着氤氲的水汽从咖啡机里慢慢升腾起来，热水沸腾中香气四溢，仿佛眼前翻滚着的不是咖啡，也不是热水，而是热气腾腾的生活。于是，我每天上班路过德育处，让嗅觉在弥漫的咖啡香气中享受片刻的舒适，成了清早固定的、不与人说的浪漫。

上高中的时候，因为学习任务重、时间长，也就习惯了喝咖啡。每天从一杯咖啡开始，号称不喝没精神。工作后，喝咖啡的习惯是怎么也改不了了。连续失眠好几天，甚至好几个月之后，我终于意识到要控制自己的作息和饮食，信誓旦旦地喊出“我要戒咖啡了”。在朋友和同事的监督下，我勉强过了几天清茶淡水的日子，可耐不住从同事杯子里飘来的咖啡味，好不容易守了几天的“底线”再次破防，隔了许久没喝的咖啡反而变得更香了。心里也埋怨自己：真是没出息，怎么就没有定力呢？可是埋怨归埋怨，喝还是照喝。如此反复几次之后，干脆就用李太白的“人生得意须尽欢”来安慰自己。你想，要是让李白戒酒，大概诗人当即就会举起一坛陈年的女儿红，仰着脖子大口大口地灌下，紧接着大笔一挥，毫无避讳地爆出一句“去你的”！那么，自己戒咖啡和诗人戒酒不正好感同身受吗——难于上青天啊！

喝咖啡有瘾，这份瘾只有“同道中人”才深有体会。一天不喝，就觉得这一天少了点什么，做什么事也打不起精神来。喝的是磨出来的咖啡，嗜的却是精神上的回甘。焦糖拿铁，是爱情的味道，焦糖的甜遮过了咖啡的苦，而这苦苦的香又会顺着回忆缓缓地流入喉间，让人憧憬、向往，浮想联翩；馥芮白，是生活的浓缩，焦苦的甜味中夹杂的是复杂的酸爽，薄薄的奶层是对五味杂陈的生活致以敬意；卡布奇诺，则是情怀上的精致，甜中带苦，却又始终如一。一切有情的浪漫和忠实的等待都是甜中带苦的，苦涩和浓郁、香甜与隽永都是年轻人梦想与现实的冲突。品尝过生活的悲辛之后，才能真正体会到生活的香醇。其实，喝咖啡的人骨子里都是浪漫的人，无论是骤雨初歇的夏夜还是冬日暖阳的午后，只要手里有一杯咖啡，听土味音乐也好，看压箱底的旧书也罢，或孤独或热闹，可怡情也可从容。倘若非要卸责，那也只能够找出一句“万物皆有成瘾性”来搪塞吧！

某天我告诉朱老师：“我要尝试戒咖啡了。”朱老师若有所思地点头：“是的，你还年轻，要控制一些，我就无所谓啦！”听了这句话，心里就酸酸的，对方的“肆无忌惮”让人羡慕嫉妒。于是，我把抽屉里所有的速溶咖啡都慷慨地送给了其他的同事，努力做到眼不见心不想。这天朱老师又悄声地对我说：“你要是实在忍不住，就拿着杯子到我这来蹭一杯。”

人家说“闻香识女人”，我却是“闻香识咖啡”。清早，一出电梯便闻到了回旋在行政楼空气中馥郁的香气，我拿着杯子往德育处走去，随风飘来的是整个走廊上浓烈的咖啡香，真好。

香云纱

和尹老师去买旗袍，看中了两件香云纱。店里的老板娘并没有主动地向我们一个劲夸耀自家的旗袍有多好，而只是任由我们尽情地挑选、试穿。香云纱的大气和低调一下子就在万千传统而又古典的旗袍中抓住了我的眼球。香云纱的缎料底子，软糯却有筋骨。它的料子颜色偏暗，却并不显老气，正如旧时光里被岁月沉淀后的美人从头到脚散发出的那份内敛的气质，给人以舒服、自然、治愈人心之感。然而，不论是对于传统布料，还是手工刺绣，这些柔软却不谄媚的一针一线，衬托着中国女性独特的美丽。从几何线条到浪漫主义，这种完美和偏执更让我们对它产生极大的好奇。

从老板娘口中我们才得知，香云纱这种料子，竟有着非同一般的历史。香云纱是一种染整方式，绫罗绸缎经历薯莨染和泥染的浸泡、捶打与晾晒、过乌，最终洗绸存放，前后十三道工序。后来我又特地上网去了解——香云纱，亦称莨纱，是岭南地区一种古老的手工织造和植物染整的特色面料，历史百余年；莨即薯莨，一种多年生藤本植物的根茎，既是生产莨纱绸的必要原料，也是一种药用植物。在岭南当地的晒莨场，常见成堆放置的薯莨。生产时，工人们将薯莨放进粉碎机打碎，留取汁液，用于染布。经过这样繁复的工序后，丝绸褪去了烟火气，更显得宁静、端庄、典雅，也难怪这种面料的旗袍，从头到尾都流露出一种迷人的风韵来。它让东方女性的螓首蛾眉、巧笑嫣然、婀娜曼妙、绰约优雅，于柔顺中氤氲光泽，隐隐流动，使传统与现代、生活与情韵完美相融，真是叫人不得不赞叹大自然的馈赠和手艺人的匠心独运。

由此，香云纱旗袍的低调奢华让我不免想起一个人。她曾在《对照记》中说道："单色呢旗袍不上照，就在旗袍外面加件浴衣，看得出颈项上有一圈旗袍领的阴影。"张爱玲是爱极了旗袍的，对旗袍的穿着也极有讲究，网上流传最多的亦是她的那张经典的旗袍照：唇角微勾似笑非笑，那孤独高傲的眼神中仿佛透着一股不屑，始终以旁观者的身份观察着这世间的冷暖。或许，这种风骨和冷眼只存在于不为烟火所染的张爱玲身上，是属于她的一袭爬满了蚤子的旗袍之下的风情万种。

我想，香云纱所镌刻在旧时光里的沉寂是极符合张爱玲的，无论是孤傲冷艳还是华丽苍凉，穿上旗袍的女子总是更加令人着迷，因为她们会有自己的魅惑、沉静与故事，恰如一阕花间词。

夹缝里的爱

从家到医院不过半个小时的车程。

每次送奶奶去医院的时候，这条路就显得尤为漫长。每半个月一次的化疗，上医院前总是要把锅碗瓢盆、衣服床被都打包一遍，回来时亦是如此。奶奶每次坐在汽车后座上，靠着被子，望沿途风景时一句话都不说。我把车里的音乐调低，车速也慢下来。偶尔经过某一处熟悉的地方，我分明听见她自顾自地念叨着这里以前是什么样的。

接送奶奶的次数多了，她开始心疼我的油费。不知从什么时候起，她瞅见了我驾驶座和副驾驶座之间的中央扶手箱盖子下留有一条缝隙，于是，她第一次悄悄地在缝隙里给我塞了两百块钱。快到医院时，她提醒我："囡啊，钱在缝隙里，不要忘记拿。"我一边开车，一边快速低头瞟了一眼那条缝隙。

我脱口而出一句"不要"，她却固执地不肯收回。我知道她的性格一向都是如此执拗，她决定的事，一旦拒绝她，她就不高兴。心下有点生气却又无可奈何：这个顽固的小老太太什么时候能不这么要强呢？

接着便每次都是如此。只要我接送她去医院，她总会在路上轻声嘱咐爷爷拿两百块钱出来，常常在我开车的途中悄悄塞进那条缝隙里。等我下车时，总能看见那缝隙中半露的红色钞票。她望着窗外道："是啊，要那么多钱有什么用？"

后来有一次，我从北京回来，赶往医院扑了个空。父亲已经在前一晚将奶奶接出院，我连忙赶回家，眼见化疗后的她越来越瘦了，见了我却是心情大好。我陪她坐了很久，临走时，她告诉我她在那条缝隙里塞了两百块钱，当时交代父亲给他自己买点吃的，只是不知道父亲有没有拿走，因而嘱咐我回车上时看看。

起初没有在意的我听了她的话，回去时果然在那条缝隙里看见了被折小的两百块钱。

见君却在清明时

清明时节，总是想起那些远去的人。我们渐渐长大，周围的人总会渐渐离去，思念常常随着春风绕过故乡好几遭，却仍然厚重得无处安放。

十年前，外婆逝世。在她葬礼的那天，大人们忙着各种事项，我们几个小孩儿便负责坐在一起为她折一些锡箔。外公似乎没什么事情要做，只见他一个人呆呆地坐在方凳上，目光呆滞，什么话也不说。那一刻，我觉得外公仿佛一下子老了十岁，我们几个孩子互相暗许：等长大了一定要好好善待外公。

时光飞逝，十年光阴在现实中的短暂倏忽，竟然也只如一声喟然叹息。老屋拆迁了，外公独自搬进了独门独户楼房的小区。八十多岁的他身子骨尚且硬朗，却无法适应“躲进小楼”的孤独。于是，他常常骑着那辆与他相伴了半辈子的三轮车穿行在大街小巷，有时是为了去田间地头种点蔬菜，有时只是为了上街买一点吃的。然而，外公一生经历的穷苦并没有让他养成勤俭节约的习惯，相反，他嗜赌（是小赌）。为此，他总是把自己辛苦赚来的钱稀里糊涂地输得精光，自知回来不好交代了，便常常在我母亲面前嘴硬，每每总说自己赢钱了。起初母亲也会劝阻，可劝了许多次，外公却是屡教不改，倔强得像个小孩子，甚至负气不回家了。于是小辈儿们不再给他现金，只在生活上供应外公吃喝所用，保证他温饱无忧。没想到，“有骨气”的外公竟从自己的养老金和政府补贴中抠出钱来去赌，宁可自己过得十分拮据，让我们无可奈何。

外公的孤独来自拆迁，而他的陋习能够慢慢改正，却也得益于拆迁。昔日的故土不再，老屋早已经成了一堆废墟。满目疮痍的背后是曾经那些屋前屋后都能够照面之人的四处分散。当大家都搬进了高楼小区，外公的世界就开始冷清了。岁月的无情开始在他的身上显现，他的耳朵渐渐地背了，行动也慢慢迟缓。有一次，我们带他去超市，第一次面对扶手电梯的外公，望着脚下滚动的台阶，竟伸着脚害怕得颤颤巍巍始终不敢踏上去。我望着那仿佛老小孩儿的背影，鼻子一阵酸涩。

去年冬天，平日里身强体健的外公终于在淋了一场雨之后病倒了，他自然没有能逃过母亲心疼的责备。后来，周遭的人告诉我们，外公骑着三轮车从黄埭赶了十公里的路回来，身上没有一件雨衣。他去做什么，我已记不清了。但是事后的我在回忆起邻居所说的场景时，心里总是隐隐作痛。我无法想象，一个八十七岁的老人在风雨中的马路上，费力地蹬车赶回家的场面是怎样的辛酸，换作其他任何一个人，那都是要心疼的呀。

在母亲姐妹几个的悉心照料下，外公身体逐渐好转，我们再三叮嘱他不要再乱跑。就这样，外公安分了一阵子，终于熬到了年底。有一天，电话又一次响起急促的铃声——外公在家里摔倒了。

去年年底，印象里就是母亲和舅妈几个人轮流去外公床前陪护，昔日里那个即使不占理说话声音也要高八度的外公开始了卧床不起的日子。腊月的雪来得很早，还没过年就已经下了好几场。舅妈冒着严寒开始每天送去三顿饭。得益于女儿们的细心，外公的精神状态还是很饱满。某一日，舅妈照常去送饭，屋里却不见了外公的身影。正当她急得满头大汗，各个楼层都找了个遍时，远远地望见外公拄着拐杖颤颤巍巍从外面走回来了。那时的他，身上只穿着一件单薄的棉毛衫，像一个知道自己犯了错的小孩一般，回后来的第一句话便是：“我只想去买点香蕉。”他粗糙的右手中只提着孤零零的两三根香蕉。

淋了雨没有好彻底，摔了一大跤又经过这一次“出走”的外公，终于还是一病不起了。这一年的除夕，是外公第一次在我们的饭桌上缺席的除夕。他再也没有力气站起来，母亲姊妹几个见情况不好，心里也有了七八分的准备。她们开始轮流守夜，就这样，外公竟也挺过了新的一年。

眨眼便到了该上学、上班的日子。病床上的外公已经食不知味，十分孱弱，但他的意识却还清醒。陪了好几日的舅妈见外公的状态尚可，便在他耳边与他轻声地商量：“他们都要去上班了，三岁的妹妹（舅妈的孙女，外公的曾孙女）一个人就没人看，今天晚上我暂时不能过来了，好吗？”外公点点头，轻声道：“妹妹你第一个要照顾好她……”

外公是去年的正月初八走的，就在他嘱咐我舅妈照顾好妹妹的那个晚上。外公似乎并不想拖累我们，在睡梦中就去了。那天凌晨，母亲急匆匆敲开我房门，喊了一句：“外公走了！”我猛然从床上坐起来，在黑暗中坐了许久。我想起年前母亲问我要不要去看一眼外公，那时的我正是最忙的时候，便应了一声，也和几个姐姐约好了等过完年一起去看，可是没想到这一等，等来的竟是永别。

又是一年清明时，今年的苏州雨水多得和思念一样泛滥，一半在地上，一半在土里。“相去余万里，各在天一涯”的寒冷在每年的清明都冷得格外透彻。外公和外婆终究在天堂团聚了，十年生死两茫茫，而他们之间的跨度，刚好是如殇的十年。生与死、孤寂与希望总是相辅相成，思念越绵长，每一个当下就越发珍贵。

只是我最大的遗憾和懊悔，便是没能见外公最后一面。

爷爷、菜地和小花

小花是邻居家养的一条小狗，才一个月大。

那个阳光明媚的午后，邻居家的女主人跟我们讲了一个真实的故事：那条小黄狗才刚会跟着人跑的时候，不知被谁遗弃在了马路边。某一日，碰见了邻居家的男主人，它便一路追着车跟了回来。小黄狗蹲在门外，用它令人心疼的懂事和乖巧可怜巴巴地乞求主人收留。邻居心一软便收养了它。那条小狗温顺极了，邻居不在家的日子，它极尽看家之责。小黄狗有了一个温暖的家，也在慢慢长大。后来，小黄狗又生了一窝小狗，毛茸茸的，煞是可爱。然而，有一天晚上，村上的一男子喝了点酒，借着酒劲，把一窝小狗装在麻袋里活活给摔死了。女主人忧伤地告诉我们，第二天，小黄狗不住地在那块带着血迹的石头上舔。听到这里，我们不禁泪目。

小花便是这条小黄狗生的第二胎小狗。由于邻居常常不在家，两条小狗白天常常睡在爷爷奶奶家的大门口。每一次我去的时候，它们听见我的汽车声，老远便飞奔而来，尾巴摇得似螺旋桨一样。我知道，它们不会说话，却在用自己特有的方式表达着内心的欢快。

初夏的某个午后，爷爷去菜地里择菜，小花便被放在爷爷的竹篮里。一路上，金灿灿的油菜花开得正盛，微风拂面，既是仲春也是初夏的味道。温暖的阳光打在身上，小花在菜地里伸了伸懒腰，看着爷爷在一旁忙碌，高兴得在菜叶底下蹿来蹿去。

爷爷是他那个年代为数不多的高中生，出生于 1942 年的他不仅识字，还会独自坐公交、坐地铁。奶奶重病后，隔三岔五就要去医院化疗、配药，面对挂号一系列流程以及烦琐的出入院手续，爷爷竟一个人包办下来，他的熟练程度甚至要超过我们。爷爷头脑灵活、思路清晰，心态乐观积极，身体也一直健康硬朗，这一点是我们都不能及的。我上小学的时候，爷爷辅导我功课，一日，他说练习册上的一道题目出错了，那道题应没有答案。那时候执拗的我始终不相信，空在那里急得直哭。直到第二天老师纠正了习题本身的错误。从那以后我才知道，原来，不是所有问题都有答案，老师说的也并不全都正确。

爷爷奶奶辛苦了一辈子，他们对土地的情感是深厚的。在那个饥荒的年代，是土地养活了他们，培养了他们那一代人勤劳、朴实、善良的品质。于是，每个季节我们都能够奢侈地拥有自家种的瓜果蔬菜。那一天，已经许久没去菜地的奶奶撑着她孱弱的身体说要领我去看一看，再择一点粽叶回来包粽子给我们吃。她指着地里那一片蚕豆告诉我："这一片是奶奶家的地，那一片也是。再过十天，蚕豆就可以吃了。万一到时候奶奶又住院了，囡囡就知道奶奶家的地是哪一块了。"

我抱着小花跟在他们身后，看着他们在高高的粽叶间若隐若现的身影，有一种说不出的感动和心酸。而此时此刻，阳光洒在我们身上，洒在黑黝黝的田埂上，小花已经在怀中安心地睡着了。

清明的味道

印象里的清明，总是和青团密不可分。

奶奶没有生病之前，总有使不完的力气。无论春夏秋冬，但凡白天，必定会见到她在地里干活。家门前的十几亩地种着成百上千棵香樟树，附近是好几亩秧田。春天的时候，奶奶便和那些雇来的帮工们一起下田，卷起裤脚，弯下她早已佝偻了的腰，一株一株地插下那些幼嫩的秧苗。印象里，奶奶总是插得又快又好。

奶奶白天干活，把自己所有的时间都给了那片她深爱的土地，以至于她的皮肤早已和脚下的泥土那样，晒得黝黑黝黑的，可这也使我们总能在任何时令都吃得到最时鲜的蔬菜瓜果。夏天粽叶飘香的时候，我们就知道一准儿就能吃到奶奶包的大粽子了；到了吃酒酿的时节，那深深的小酒缸里不多时便能飘出一股浓浓的酒糟味，闻得我们醉醺醺的；过年时，不用去外头超市买元宵、团子，奶奶一下午便能巧手捏出几十个白白胖胖的大团子，还能满足我们刁钻的不同口味，而每至清明，奶奶便会应景地提前榨好青草汁，备好各种馅料，在灶前忙活一下午，做出一大筐的青团来。年年如此。

小时候，总爱围在灶头旁，看着几大勺面粉在奶奶手里轻轻松松地揉成面团，听她在大瓷盆里和面时发出的叮当声，从没想过原来如此瘦小的奶奶竟然会有这么大的力气。接着便是看她和完面之后，均匀地揉出一个个小面团，这些小面团在奶奶的手里就像变魔术似的，不一会便开了一个小口，然后放进满满一大勺的芝麻或豆沙馅，再神奇地封口，圆鼓鼓的，丝毫不漏。我羡慕不已，抢着也要一试，可每一次我做的青团最后不是胀破肚子，便是咧开了嘴巴，满满的馅料都流了出来，这时候又不得不向一旁笑哈哈的奶奶求助。

上锅蒸团子的时候，最是让人等不及。那时候奶奶用的还是土灶，一锅能够蒸十多个。等到热腾腾的水汽从锅盖边缘冒出来的时候，离青团蒸好出锅也不远了，我们便总是围着灶头边转。等到掀开锅盖的那一刻，一个个绿色的鼓鼓囊囊的团子在水雾氤氲之下朦朦胧胧的，愈发可爱。奶奶的手似乎是不怕烫的，她愣是徒手把青团一个个取出来，放到旁边早已准备好的糯米纸上面。这便是我从小到大最幸福的时刻了。

后来，老屋拆迁了，一同消失的是奶奶那片最爱的黄土地。搬了家之后的奶奶不再有那么多事情可干了，而我们曾经那富裕、肥沃、取之不尽的土地也仅剩下此时屋后可怜的三分地。没有了曾经小河边随手可取的粽叶，也没有了现成的干净青草，所有物资都需要花钱买了，可奶奶依旧不曾停止过一年又一年地做着她的粽子、酒酿、青团……

去年，奶奶生了一场大病住院，我们一年没有吃到她做的吃食，总觉得缺失了点什么。奶奶在医院待了将近三个月后出院，适逢“廿四夜”，身体早已虚弱得无法揉动面团的她，仍然不忘给我们送来了她做的团子。

过完年我再次去看她，见我来了，她高兴地放下了手里的活儿，只静静地坐着，仿佛一秒也不想错过地望着我，说：“小囡上一次来还是过年的时候。”是啊，算来已是一个多月了，生过病之后的奶奶仿佛对日子记得越来越清楚，而这又使我感到无比的愧疚。不知道是不是因为步入了人生暮年，她对接下来的时间越来越珍视。她笑着试探地问我：“奶奶做的青团还要吃吗？你要吃我就做。”还没等我答话，她便自嘲了一句：“奶奶做的不要吃哦，不要嫌脏哦……”

我赶紧应道：“要吃呢。”她高兴得像个孩子一样。

又是一年清明了，今年奶奶做的青团里，多了一份依恋的味道，我多想这份味道能够永远地留下来。

想念的日子无歌

那时候老张刚刚接手我们班，他给我的印象是个瘦黑的小老头儿。老张喜欢打羽毛球，喜欢运动，常常能够看见他放学后扛着一副羽毛球拍就去体育室了。也不知是不是这个缘故，以至于我每次见到的他总是黑黑的。不过，老张笑起来依旧特别有亲和力，那一口大白牙以及笑成了一条缝的月牙眼，是我最喜欢他的地方。

老张教我们数学，但是他每一次上数学课，总是要经过十几分钟的铺垫才能够进入正题。说是“铺垫”，其实更像是唠嗑。他总能找到各种各样的话题与我们先畅聊一番，在讲台上解读时事、调侃生活、指点江山，是老张每节数学课必备的环节。尤其在他一口纯纯的东北口音之下，那些从他嘴里迸出来的话就更勾起了我们的兴趣。甚至于有时候由于讲得太过尽兴，四十分钟都过去了，我们连课都还没开始上。我们，成了老张最忠实的粉丝。

老张爱聊，是典型东北人的性格，而他的自带幽默常常成了我们每天数学课快乐的源泉。有一次，老张在黑板前讲题，题讲完了，他瞪着眼睛问我们：“懂没懂？懂没懂?!”底下回应他的是一片沉默，云里雾里的我们没有一个说话。老张收了粉笔，自言自语道：“你们态度就是好啊！怎么问也不说话！”接着他又肯定道：“不说话就是默认！”那样子像极了一副得不到回复的“委屈脸”，让我们忍俊不禁。

老张也常常为自己在每节课调侃之余从来没耽误过教学进度

而骄傲。有时候他甚至还会在我们面前小小地炫耀：“别的老师都在那儿争论，我，不跟他们争论。他们说我讲得快，我不好说‘你讲得怎么那么慢呢’！”于是，从老张的嘴里频出的那些“金句”，直到毕业了都令我们印象深刻。

高考前的最后一晚，老张空着手走进教室。他在教室里来回踱步，走了好几个来回都没有说话。大考前紧张的气氛使大家都没有注意到一向爱讲话的老张今天竟然话少了许多。过了许久，他才笑嘻嘻地说了一句：“数学晚自习，总要做点数学吧！”埋头于试卷的大家抬起头望了他一眼，这时候我才发现，老张那黢黑的眼角已经有了好几道细细的皱纹。

后来，毕业了，我总是想起那些年的数学课，想起老张，想念的日子无歌。

君子远庖厨

《孟子·梁惠王上》里面说："君子之于禽兽也，见其生，不忍闻其死；闻其声，不忍食其肉。是以君子远庖厨也。"其实，这句话的本义是劝人珍惜一切生命，少杀生。后世人断章取义，抹去前提。久而久之，一句"君子远庖厨"便成了不下厨房的借口。

毕业后的五年里，我几乎不进自家厨房半步。我的厨房是不开火的，在外吃得多，在家有亲友的眷顾，于是，被周围的朋友打趣成从来都不食人间烟火。很长一段时间，不规律的一日三餐导致我的身体出了相当麻烦的问题，当我开始意识到需要调整自己的饮食的时候，家里尘封了好几年的"新厨房"终于开始启用。

于是，不上班的日子，我就在厨房排兵布阵。每做一顿饭，我都会叫上三五好友来家里吃一顿。在她们来的日子里，忙着买菜、洗刷，尽可能将家里布置得温馨一点，具有仪式感一点。如此一来，既避免了饭菜的浪费，又享受了好友相聚的快乐与满足。厨房里的五彩缤纷，就像身处的江湖与生活。当我开始在朋友圈鲜有地晒出自己做的美食时，邵老师感慨说："终于开始食人间烟火了！"

这双手，曾经是弹琴的手、摄影的手、解题目的手、写文章的手，从没想过有一天，我也会拿起菜刀，混迹于厨房里，跟油盐酱醋打交道。人间欢乐，大体都是三口啤酒、一顿龙虾，以及一阵喧闹的烟火，扫走生活的疲惫和寂寞。丰子恺的黄酒，王世襄的熘鳜鱼，唐鲁孙的热切丸子，张恨水的烤肉，苏青的红烧鳗鱼……那些大家笔下的美食都是我所垂涎的。最会享受的当数汪曾祺，他写了无数关乎美食的文章，东南西北，口味复杂得很。若是他还能活在当下，必定是粉丝百万的美食博主。他们，是将自己对于生活的热爱，悉数藏在了灵动的文字里。

微博上有一句话说，是谁来自山川湖海，却囿于昼夜、厨房与爱？也许我们来到世上，终将有一天辗转于柴米油盐、烟火人间。生活的最佳状态，是冷冷清清的风风火火，而忙在厨房的日子，是不疾不徐、平淡而又充实的。我曾羡慕那些作家，他们能够积极地生活，用力地写字，每一个格子里记录的都是人间烟火。我却以自己忙着做饭为借口，很长时间都没有写文章，也写不出那样好的文章。尹老师说："你会（写）的。"

知我者莫若师。谁说诗和远方、人间与烟火不能兼得？这双手，依然要写文章，也不再远庖厨。热爱生活的理由又多了一个。

时髦的阿姨

办公室楼层换了一个打扫卫生的阿姨。第一天照面，同事老远就从门外嚷着进来：“啊！我们楼层打扫卫生的阿姨好时髦啊！”于是，这天下午，我一听到办公室门外有大垃圾袋窸窸窣窣的声响，就立马拎着一袋垃圾走了出去。我揣着一颗“吃瓜”的心，想看看这个阿姨长什么样。

在走廊上左顾右盼，只听到声音却没有见到人影。拎着手里的垃圾正想折返，突然，从厕所门口探出了一张浓妆艳抹的脸来：“垃圾放那就行，谢谢啊。”我一时间没反应过来，支支吾吾地应了声“好”就慌忙溜之大吉。很明显，从她的口音中听得出不是本地人。看年纪，她顶多四十上下，穿着一身工作服，从背影看和其他打扫卫生的阿姨没什么两样。我们背地里观察了一阵子，发现她尽管每天都在楼层上进行着清扫、拖地这样机械重复的劳动，但她每天都会把自己收拾得光鲜靓丽。浓浓的眼线、粗黑的眉毛、痕迹明显的白色粉底以及鲜艳的口红，说是“浓妆艳抹”毫不夸张。难怪同事第一眼见到了就印象深刻，那张涂满脂粉，像撒了糖霜的、圆面包似的脸蛋，叫人想忘记也是很难的。

同事说：“阿姨是来体验生活的。”想想真有道理。我们习惯了往日打扫楼道的那些年长的阿姨，她们拿着微薄的工资，吃穿节俭，装扮朴素。突然来了一个这么年轻、时髦的阿姨，“见怪”的竟成了我们自己。莎士比亚曾说过：“上帝创造女人一张脸，女人又给自己一张脸。”爱美之心，人皆有之。哪怕是六七十岁的环卫工人也有追求美的权利，谁又规定了美就是年轻人的特权呢？人生短短几十年，有人为温饱终日奔忙，有人为漂亮买了很多衣服，有人为快乐通宵玩游戏……每个人的追求不同，但只要自己感到快乐、满足那就够了。

有人说，美也要分类，半老徐娘，美在半；昙花一现，美在末。那天，我看到这个阿姨右肩上扛着一个拖把，迈着轻快的步伐走到我们楼层的尽头。我想，也许她自己每天都化妆化得漂漂亮亮的，做什么也都是高兴的吧。

人都会老去，我以后也要漂亮地老去。

补漏

家门前在修路，修了多久，我也不知道，总之这条路似乎怎么也修不完。从去年到今年，从今年到明年，路是不着急的，因为你修不修，其实并不影响什么。往日在这条路上走的，照样还在走，只不过多了些坑洼和粉尘，以及那些颇惹人厌恶的、轰隆隆的大吊车。路修好了，人能感受到的影响似乎也不会那么大，不过是看着那一条条如白蛇扭曲盘旋高高架起的高架，感叹一声："方便了不少。"幸福感是有的，可不那么强烈。

无论出门上下班还是好友约聚会，无论是去赶公交车还是坐地铁，我总是要从那里走的。除了忍受坑坑洼洼、凹凸不平和总是避免不了的颠簸感之外，还得有足以确保一条单行道上两辆车有礼有节、互不相碍、平安通过的技术，即使迎面驶来的是你再熟不过的人驾的车，想必这时候的"亲密接触"也是不受欢迎的。

好好的路被砸了，重新扩建留下满地的石子，当然，这石头和土块也有前面土方车上掉落下来的。于是，麻烦的问题就来了：说不定哪一天，你的车轱辘就被那些锋利的小石子或者小钉子给扎了，可你也不能怨什么。这路上的石头或者无意颠簸下来的钉子也没有错，存在即合理。苦恼的只是自己马大哈，即使被扎了还不知道，依旧毫无感觉地在路上开得心安理得。好在父亲常常会在没事时帮我洗洗车，帮我检查。于是我几次车胎被扎破导致行车隐患严重，总是父亲第一时间发现并告诉我。于是，我一次次地去补胎。我自嘲："为什么车胎被扎破的总是我？"朋友打趣地回答："因为路不好。"

因为路不好，朋友的一句戏言无意中倒答出了几分哲理来。

生活果然充满了智慧。我们在教学的时候，总是会紧紧盯着一个个"扶不起"的差生，因为他们在学习上出了漏洞，这时候你不得不充当与那个"修补轮胎的"同样的角色，你得去帮他们补漏，可是"路漫漫其修远兮"，这条路也是走不完的，孩子们无法避免下一次又在哪里出现了漏洞，你还得继续补。

人生在世，又不可免俗。当你自己匍匐前进在满是藤蔓和荆棘的生活小道上时，也常常会被扎——扎你的可以是有形的，或者无形的，心理的、精神上的。没有人生来路就平整安宁、一帆风顺，你总要时不时去补补漏洞，抗击风浪。也许这一刻才将这边的漏洞给补完，下一刻那边又不小心被扎被刺破了……毕竟，江湖多风雨。

人们往往喜欢做亡羊补牢的事，羊多的时候无关痛痒，可是当只剩下最后一只羊的时候，补漏洞就再也没有任何意义了，也许这样的补漏只能留给下一批羊。所以，当我们的车胎被扎了，总要立马去补，为求一个心安，也为消除隐患。然而我们常常忽略的是，当我们的生活和心灵出现了漏洞呢？

人生就是被不断地扎破，再不断地修修补补。

因为路不好。

闻香识女人

一位女作家曾说："保持精致，是生活的乐趣。"她每日坚持在家写作，一到下午三点就会停下来，开始化妆，换上漂亮衣服，泡杯咖啡，然后在家里点上香薰、摆好鲜花，静等丈夫回家。即使吃饭，在她家也是很需要有仪式感的：关掉电视，播放音乐，愉快进餐。这种精致的生活方式着实叫人羡慕，也由此解释了为什么年近六十的她依然浑身上下散发着女性的魅力和优雅。

还未工作之前，我常常看着电视剧里的职场精英，上班穿着高跟鞋噔噔作响，一手美式咖啡，一手文件，那飒爽英姿连走起路来也是带风的。那时候幻想着有一天自己也能成为这样的社会精英，直到教书的第六个年头，有一天突然停下来看见了镜子中的自己，我忍不住在朋友圈写道：第一年仙气飘飘，第二年走路还哼个小曲，第三年高跟鞋也不穿了，第四年就慢慢地穿运动服了，第五年洗把脸就可以来上班了。自嘲岁月岂止是把"杀猪刀"，更是把"猪饲料"，以前我也是个精致到每天都穿不重样衣服去上班的人，不知道如今离"不修边幅"还有几年。

于是，我开始暗暗观察学校里的那些女教师。我们的这些女教师，大致上可以分为两类。一类是每天素面朝天，追求简单、朴素，一切以舒适为主。另一类则是略施粉黛，会做简单的护肤，偶或抹个口红，精致却不过分。如此，每天都要花二十分钟打理完才出门的我，在她们中就显得有些"突出"：各种护肤做完，隔离、粉底、眼线、眉毛、眼影、高光、口红……样样都不落。还有最重要的：香水也是必不可少的。同事听完皱着眉头说："每天早上要花那么多时间化妆，尤其到了大冬天，还不如多在温暖的被窝里多睡会儿呢！"

学校里化妆的老师也有，但喷香水的不多。有的人天生就爱清水的平淡，有人则偏爱高级香皂的芳香，用不用多是个人的喜好。有部电影叫作《闻香识女人》，这名字真好，于是，生活里也就有了"闻香识女人"的说法。精致的生活少不了香味的调剂，好闻的味道能够让人提升幸福感，也更有辨识度。漫画家林帝浣也提过：一种气味就是一段回忆。我想，无论是严歌苓还是张爱玲，她们一定和我一样，对气味是偏爱的吧？

谈起香水，很容易叫人想到一个城市——上海。上海是一个摩登的城市，每当我走在上海街头，那些与我擦肩而过的女郎，常常是捎着飘过百米、各种各样的香水味，很难不让人浮想联翩。她们的香是浓郁的、热烈的，像极了这个奔放的城市。

我也爱用香，但我爱木质的、温馨的檀香，平衡而温和。从清雅绝尘、仙而不妖的气味慢慢品味生活，从人间烟火走向另一种生活，是格调，也是气质。很多人曾不理解那位女作家每日精致化妆等丈夫归家的举动，觉得做作，如今越发理解她的高明。生活绝不能只有里子，还需要精致。就像在冬日晴朗的午后，点一杯咖啡闲坐一下午；就像清早站在办公室的窗户前，望着窗外的水汽静静地凝神；就像穿上漂亮的裙子，化好精致的妆，喷了喜欢的香水，静心读书，保持自律。但是，一切都只为取悦自己。

卖花的姑娘

那家店在停车场的对面，善济路口。

我常常会在经过的时候进去买一把鲜花，不大的门面，却有温暖的情调。去得多了，就不太愿意往别家走，她们家的花种类要丰富得多，以至于我很少在店里显眼处看见那些大红的玫瑰、妖艳的百合，反而常见各类紫的、蓝的、粉的、嫩青色的桔梗和彩色的康乃馨遍布各个角落。与那些大俗大艳的花比起来，这里要多一份低调的温馨。百合代表纯洁，洋桔梗代表永恒，玫瑰代表美与爱，康乃馨代表母爱，向日葵代表信念，满天星代表低调，芳香与颜值齐飞，走进去，色彩的协调和五彩缤纷的美一下子就俘获人的芳心，因而我宁可舍近求远，做一个这里的常客。

卖花的姑娘很年轻，很美。因我常去的时候是晚上，每次见到她，那白皙的皮肤在灯光的衬托下显得更加丰腴动人，一身休闲的便装外套着围裙，无论是哪个顾客需要，她都能随时为我们取花，去刺，包装。她的脸上总是带着温柔的笑，话语中带着几分吴侬软语里特有的柔和软。以花为背景，姑娘身上的朴素和低调总是不自觉地就散发出来。

昨晚再次路过花店，带着朋友进去。见到她的时候，她依然是给了我一个温暖的微笑。和她唠嗑，说着最近一次来已是暑假了。暑假里去上海参加一位知名作家的签售会，特地转了个弯到花店挑了一把桔梗，我调皮地央求姑娘一定要按照我的要求包一束小的，但又不能太小的花，以方便携带。姑娘当时脸上浮现出一丝为难的笑意，但还是按照我的要求给了我合理的建议。她娴熟地为我包了一束色彩绚丽的桔梗，问我去哪里，送给谁。我故意卖了个关子："送一个美女作家啵！"

再次见到姑娘，姑娘笑着问我："上次的花你送的那个人她喜欢吗？"

我笑着肯定："很喜欢。"

我在店里逗留了些许时间，给自己挑了两枝桔梗和一枝粉白的玫瑰。无论买多买少，姑娘都会善意地为我细心用纸包扎起来。我笑着问："下次可以打折了吗？"姑娘也笑着回应我："可以可以，以后刷脸就可以了。"

每次去姑娘那里必然会选桔梗，我喜欢桔梗，不高贵，却美得内敛、低调。她们说，喜欢洋桔梗的人的性格也是这样，内敛却不内向，厚积薄发，但有点小忧郁。人的性格就是这样，没有好或者坏的定义，只有最适合自己的。

后来查资料才知道，桔梗的花语是：动情。

动情，就是：

看着一朵小花发呆一下午。

读着自己喜欢的故事感动得流泪。

想念着一个人开心地傻笑。

生活细节处，都是温暖和幸福的味道。

失眠者的艳遇

凌晨四点，起来烧水，拉开窗帘，看到东方之既白。

很久没有这样整夜整夜地失眠了，好了约莫才一年的光景，断断续续以为慢慢摆脱了失眠的梦魇，却不想它仍然在我身后如影随形。我揣测着拉好窗帘，脑海中模糊地出现一位作家书中有关“失眠者”的桥段：

> 睡眠，在夜里是个岛，人得渡到那儿去寻求安全。渡不过去的，譬如我，就在夜里成了所有人的异类。我在寻找一个人，一个长明的窗对称另一个长明的窗，一个无眠的夜对称另一个无眠的夜。你是一直陪我醒着的人。

我用无数个失眠的夜读了无数本书，到头来却发现这些精神的药物根本无法治愈我长久的痼疾。最近翻出了这位作家所有的作品重新读，然后想到她在《首席夜话》中也谈到过失眠。浓妆之下的她笑着，笑得有点像孩子一样可爱，说：“我不是三四天，我是三四十天……”

乐嘉问：“三四十天什么？”

她说：“睡不着觉。”

乐嘉满脸不相信的样子：“怎么可能？你三四十天睡不着觉早就拜拜了好不好！”

我终于感同身受地明白将近三四十天睡不着是如何真真实实发生的事，也突然间明白了为什么这位作家接受采访时言语迟缓，话语表达与她的文字相比逊色太多。一直以来我都有这个困惑，直到看了她谈失眠那期的访谈时才恍然大悟：长期服用麻醉类药物，记忆严重损伤，信息储存相对空白，脱口而出的话就空洞苍白。而文字创作是一个思考的过程，有缓冲的时间去挖掘。这一点我最有体会。我也是口才严重不行，我也已经是重度失眠了，心有戚戚焉。

我想起了围棋棋手钱宇平，他患有精神病，而他的父亲就是精神疾病医生。他为围棋而生，离开围棋等于没了人生。比赛中输一次，得一两个月才能调整过来。而我钦佩的这位作家，他为文学而生，最长时间失眠三十八天。每次坐下来拿起笔，非写到精疲力竭，灯油耗干，实在是一个字也写不出来了，才算停止。天生他们，是有使命的。

于是我想，我算什么呢？我又有什么使命非要和这漫长的黑夜较劲呢？如果说不是跟别人比，是好奇自己的潜力，有心就探个底去，生而为人一次，了个念想，算较劲吗？

我的老师不建议我用药物，说会有依赖性。

精神高度兴奋、头疼，从早晨写完到现在，一直亢奋，一直头疼，却还是想写，没完没了地写，还能有源源不断的创作欲、表达欲。

失眠的人，可以是诗人，也可以是作家，天亮后一切归零。曾经沧海难为水，成如容易却艰辛。

爆炒蛤蜊与慢煮生活

不上延时课准点下班的时候，最喜欢约师父去买菜。一个电话打给师父："师父下班后买菜吗?"大部分的时候，她总会满足我，即使自己不买菜，也会陪我去。我屁颠屁颠跟在她后面，她带着我一个个蔬菜摊挑过去。从那之后，我知道了看着越是好看、摆放越是整齐的蔬菜不一定是新鲜的，小番茄不一定要去水果店买，端午节挂在门上的菖蒲是两块钱一把……

跟着师父去买海鲜，看着她精心挑了很多生蚝，又带了一把蛤蜊，于是忍不住也跟风买。回来后，活物的腥味和处理让人不禁皱眉。开火，热锅，倒油……忽然又忘记了是怎么烧的，拿起手机手忙脚乱地给师父发微信："师父，你快点儿再把刚刚说的怎么炒的步骤给我用文字发一遍。"于是，微信的那头很快就发来了一条一条文字信息。心中有底了，一顿操作搬上桌，按照师父传授的秘诀调了酱料，三下五除二拍完两张照片传过去。那头发来一段嫌弃的语音："你这哪是蒜泥啊，你这是蒜块儿。""哎，我知道是蒜块儿，来不及了师父，就这样吧。"于是，第一顿爆炒蛤蜊就这样草草收场。

后来做得多了，慢慢就有了进步。海边的人大概就喜欢吃蒸或者水煮海鲜而不是炒，那是大海的味道。但是，爆炒也是生活的一种态度，与好友回味年少轻狂，听雨刻舟，浓情可待，与往事干杯的时候，那些清蒸、白煮就缺了点味道，配不上高度的白酒了。

到徐州出差，我才知道，原来彭城不止有地锅鸡，还有地锅鱼、地锅肉……总之，你能想到的食材都能做地锅。徐州的周老师请我吃了地道的徐州菜，我又知道了辣汤不是胡辣汤，辣汤是不辣的，相反，它还很鲜。江南江北，不同的口味，折射出生活的不同姿态。

聊天的时候周老师对我说：“我不会做饭，平常都是何老师回来做的。”我心想，一个能够专注于自己精神世界的女性，能够大大方方说自己不会做饭的母亲，那是多么幸福啊！所以，她就有了精神的高度，有了与人间烟火和油腻割裂的空间。但是，我又很满足于自己的生存状态。放假了，高兴时就做两道菜，想写字的时候写两个字，想练琴的时候胡乱地练一阵琴，文章依旧坚持码，一颗被梦想和诗意熏染过的心，在放下了不切实际的幻想、放下了对庸俗生活的抗拒之后，回归到热气腾腾的日子里，总算有了归属。

其实有很多东西足以让我在经过了极大精神内耗的时候找到一点点生活里面的烟火气，是它们取而代之地把我的颓丧用烟火气填满。当然，倘若能每天看见初升的太阳，在阳光下生活，便是幸运。平常的日子除了工作奔忙，如果空闲时能够莳花弄草、煮茶夜读，一手烟火，一手诗意，这样的生活也够美好了。

不要失去心里的光

周末和同学喝茶叙旧，同学说："感觉有大半年没见你了。"我笑着说："岂止是大半年，估计都有一年了。"同学在医院工作，搞临床的几乎全年无休，即使有假期，也是短得可怜。我们难得能够见上一面，我便愿意抓紧一切时间听她聊医院的故事。人间百态，在她所处的系统内可看得清清楚楚。刚坐下，她便率真地骂道："现在什么都要拍照，有时候抢救的时候竟然也要求拍照，去他的！我们都去抢救了，谁还有心思拍照！"听完又好气又好笑，我说教育系统也是这样。同学叹了一口气："现在我们的医疗和教育两大系统，都在内卷。"

同学所在的科室曾经有一位五十多岁的患者，患的是宫颈癌。她告诉我，有时候想想人老了真的挺悲哀的，等我们老去的时候，宁可选择少受一些罪也好过没有生命质量的生存。这位患者的儿女都不在身边，老伴又早早去世了，自己被诊断出癌症时已经是晚期，她觉得一生的任务也已经完成，孤身一人又晚景凄凉，因此求生欲望并不强，前几天刚去世。还有另一位患上绝症的老人，家里已是捉襟见肘，老伴又常年做肾透析，家庭的惨状可想而知。同学在医院见多了这世上的凄凉，说起来早已是波澜不惊。但是我从她的眼神里依旧看得出，她的内心里依然还有年少的光。

她的话让我想起了某次在观前街碰到的一位卖白兰花的老太太。那天和同事吃完饭就下起了暴雨，我们找了一家奶茶店躲雨。同事去柜台买奶茶的时候，门口走进来一位衣衫单薄的老太太，她的脖子上用布条挂着一个托盘，托盘上放有不多的白兰花和香袋。老太太进门便用那只瘦骨嶙峋的手颤颤巍巍地托起两串花环问我要不要，十块钱三串。我摇了摇头，她失落地往里面走去，一圈下来，无人问津。同事买完奶茶回来坐下，我远远观望着那个可怜的老太太，终于忍不住对同事说："等会儿买一点吧，老人家也不容易。就当做点好事了。"老太太再次回到我们所在的门口，同事向她望了一眼，她再次满怀希望地走过来，重复着刚才的话试探道："只要十块钱就好了，十块钱三串。"我望了望她盘里的香袋，八块钱一个。随手拿起两个香袋，又拿了一串花环："二十块钱吧，不用找了。"老太太愣了一下，随即手忙脚乱地掏出身上的二维码，同事正想掏出手机扫码，我拦下了："给你现金吧，我有现金。"老太太高兴得说不出话来。

那个香袋的做工很粗糙，实际上，它甚至有点泛黄了，毫无保存的价值。同事问我为什么给现金。我说："你觉得她们会用手机扫码，会智能支付吗？给现金她才是踏实的，有安全感。"

中国的传统文化让中国的老人不自觉地就会钻进"拼、直、倔"的循环里，有很多是出于骨子里的自尊，即使过了耄耋之年，也依然要外出做点什么以证明他们的价值。但也有很多是迫于生活的无奈，就像同学在医院所见的人间种种，"老弱"往往和"病残"联系在一起。我对同事说："二十块钱对于我们不过是一杯奶茶，但可能她一天都没开张，就当做点好事吧。"后来每次外出，我都会带点现金在身边。以前从没觉得生活有多么不容易，直到我经常听同学给我讲医院的故事后，便深深觉得这个世界是因为有人在点燃和承续着那些微光，才有了我们所见的温暖。

无论何时何地，一定不要失去心里的光。

城南有旧事

冒着大雨去做医院做一个常规检查，还没到上班时间，医院周边已经停满了车。这场雨给整个初春的江南笼上了一层阴郁的色彩，脚下是刺骨的湿冷，心情也是湿漉漉的。

开车在附近转了一圈，眼见后面的车越来越多，无奈只能把车往医院几百米外的小桥上一停。打伞下车，匆匆忙忙地排队。

检查队伍缓行，无奈发了条微信朋友圈自嘲。这时，手机突然响了，电话那头传来父亲的声音。

“车子怎么停在这边桥上？”

“在这边医院做检查呢，没有地方停了。”

“哦，要不要我帮你停好在车位里面？刚看到这边好像有个车位。”

“没事，我很快就好了。”

“哦……”

电话那头不再说话，等到二十分钟后我做完检查出来，眼前的雨丝毫没有停歇的意思。我打着伞，提着淋湿的裤子，低头慢慢悠悠地往小桥走去。还未走近，远处便传来一个熟悉的声音：“做好了吗？”我才发现，本应该骑着电动车去上班的父亲一直守在我的车边。“嗯，做好了。”他没有再说什么，也没有穿雨衣，只一手打着伞，一手开着电动车，留给了我一个离去的背影。我很想阻止他，告诉他这样很危险，但我又想象得出他一定会固执地跟我嚷着自己没问题的。

我望着那个在雨中渐渐消失的不再伟岸的背影，想起读过的

《城南旧事》：不合脚的油鞋和油纸伞，在洋车上遮盖的腿上的伤痕，父亲在雨中送来的花夹袄，戴着露指手套的手拿着的烤白薯，红丝带子系着的白色纸筒，掉在地上的石榴。这些是作者的旧事，又何尝不是我的旧事。

玉是精神难比洁

陪郭老师去云南，在一个偌大的玉器市场内，郭老师看中了一块黄龙玉，捧在手心里，只有巴掌的二分之一大，雕成一只貔貅的模样。

老板对我们滔滔不绝、口若悬河地描述着这只貔貅是多么的独一无二：脚踏铜钱，右踩小人，头顶祥云，张开大嘴，口边吐出一卷金丝环绕在周身，颇有一口吐出一个盛世的霸气。

郭老师小心翼翼地把玉貔貅捧在手里，望着它是满心的喜爱，总也舍不得放下这个小东西。一问价，五位数。在柜台前犹豫半天，她终于皱着眉头半笑着问我："买还是不买？"我点了点头："买！"

玉无价，但是，喜欢更无价。

我不懂玉，但是看到它也是说不出的喜欢。中国人爱玉，讲究质地、色泽、硬度、刻工。所谓的玉，其实就是漂亮的石头。玉在中国传统文化中被视为一种道德象征，具有五种高贵的美德——仁、义、智、勇、洁，所以古代佩戴玉石的都是自诩为君子的人。"谦谦君子，温润如玉"，君子比德于玉，温润而内敛。

《红楼梦》中的宝玉衔玉而生，此玉本是女娲补天遗漏的一块顽石，天长日久，吸收日月精华，竟成了一块通灵宝玉。通灵宝玉上刻着"莫失莫忘，仙寿恒昌"八个字，提醒着宝玉，他天生是带着不凡的使命而来的，他的使命是遇见世间最温柔友善的人，历遍人间刹那芳华，风流缱绻，最终寄沧桑和聚散于天地的无往处。所以，不仙不俗、非仙非圣的宝玉出离不了人世繁华，也注定出离不了他的自我。正如张晓风先生所说：“《红楼梦》中含‘玉’的名字，总有其不凡的主人，像宝玉、黛玉、妙玉、红玉。”曹雪芹爱玉尽人皆知，你看，宝黛一个是阆苑仙葩，一个是美玉无瑕；探春有“玉是精神难比洁，雪为肌骨易销魂”；宝钗有“淡极始知花更艳，愁多焉得玉无痕”；湘云有“神仙昨日降都门，中得蓝田玉一盆”……冥冥之中，玉石与世人结下了不解之缘。草木山石，一生飘零，却又各自坚韧。所以人们更愿意去相信那一段“木石前盟”，相信每一块玉都是有深刻的故事的。

有长者对我说：“玉石有灵，你养它三年，三年之后，它反过来养你。”这说法的根据何在，我不得而知，但是这却让我想到了《诗经》中的“投我以木瓜，报之以琼琚。匪报也，永以为好也。投我以木桃，报之以琼瑶。匪报也，永以为好也”，“琼琚”“琼瑶”皆为美玉，而这种“滴水之恩，涌泉相报”的情怀，不恰恰印证着玉石的精神吗？

物欲横流下的现代人往往缺少血性和疼痛，缺少专注与激情，更缺少玉石般的品格，从通达到质朴，从坚韧到温润，从内敛到含蓄。玉石终生所求，无非得遇最合适的主人，而我们毕生所求，无非活一场抵达灵魂深处的通透。

但愿人长久

从住院部出来，经过办理出入院手续的窗口，看见稀稀落落排着队的男女老少，感觉这里远没有门诊大厅的窗口来得拥挤。我看见那个坐在轮椅上，膝盖上放着氧气袋，鼻子里插着氧气管，艰难呼吸着的老头儿，嘴里在虚弱地“咿呀”着什么。没多久，他那身材微胖、头上白发隐约可见、已经办好手续的老伴走了过来，将身俯下，耳朵凑上去，努力地听着老头儿述说的需求。我看见那张窄小的病床被推到办入院手续窗口的不远处，床上那个穿着蓝色病号服的老人弯身坐着。看不清他的脸庞，因为他始终低着头，如一棵蔫萎的垂柳，无声无息……孤身的凄凉和落寞，这样的场景已经屡见不鲜。

一开始对满是药水味的病房通道排斥不已，到如今慢慢地也没有了感觉，似乎时间久了也就被同化了。所以眼见着满目凄凉，即使心情再糟糕，也多了一份无可奈何的妥协，似乎这一切是无关乎你我的，可是，这里没有一个场景不触动心底的那份柔软，并深刻地让人感受着生命的脆弱和无常。

在医院待得久了，就想到某部作品里那个充满悲情的故事，作家用冷静的叙述来凸现护士万红对植物人张谷雨的坚守、英雄主义和生命无常的抗衡，个体在历史的洪流之中才能显出超凡的纯粹和赤裸的单薄。医院总是最深情的地方，也是最无情的地方，最无情的地方又是最具大爱的地方。世界充满了矛盾，矛盾中微妙地保持着平衡。

翻开朋友圈，Q 老师又发表了一篇文章。朋友圈里写得最勤奋的就属Q老师，我几乎每天都能看到他在简书上发表的作品。我作为其学生总是自愧不如，因而在检讨自己懒惰的同时，竟也能发现从生活的细微处剥离开来，有太多太多值得去记录的细节和故事。Q老师对我说："写吧，为了那份美妙！"以后（在摆放王安忆、迟子建、贾平凹等名家作品书柜的一角）也会有你的一席之地。

我想，除了美妙外，可能写得多了，生命会更丰盈一些。至于写作的意义，大概是靠时间而不是作者自己来检阅的吧？

有小半个月，与Z老师约着下班后一起去医院。Z老师的家人和我的家人在不同的医院，却有着相似的经历，彼时聊起共同话题的时候，内心就更多了一份感同身受。突然就明白了生和死、苦难和苍老其实一直都蕴藏在每个人的体内。人只要活着，就必然被硬生生摁在这犬牙交错的生活中，冷和热，都直入筋骨。所以，成年之后才终于意识到，我们最不能无视的就是健硕的身体、丰沛的心灵。

美国作家欧·亨利在他的小说《最后一片叶子》里讲了个故事：病房里，一个生命垂危的病人从房间里看见窗外的一棵树，在秋风中，树叶一片片地掉落下来。病人望着眼前的萧萧落叶，身体也随之每况愈下。她说："当树叶全部掉光时，我也就要死了。"一位老画家得知后，用彩笔画了一片叶脉青翠的树叶挂在树枝上。

最后，那片叶子始终没掉下来。只因为生命中的这片绿，病人竟奇迹般地活了下来。

人生可以没有很多东西，却唯独不能没有希望。

我想，如果我还能算是一个游走在文学创作边缘的写字匠，我就要用一个一个黑白的字，长篇累牍地寄托我所有的希望。

但愿人长久。

貌相

和同事在食堂吃饭聊天，同事问我："你有没有觉得郑老师很可爱？"我先是一愣，转念一想，便大笑了起来："是啊，被你一说还真是，萌萌哒。"

郑老师教语文。记忆被拉回我们俩初来乍到、被整个学校迷宫式的布局绕得团团转的那个夏天。郑老师常常是一身干练的正装，"嗒嗒"地踩着高跟鞋穿梭在校园的走廊。她并不化妆，面容却很精致。飘逸的长发时而半扎一个马尾，时而全部束起。她额前的齐刘海梳得整齐光亮，零星中又有几丝不安分的白发。第一眼瞧见她微信的头像——那个手持纸飞机、齐刘海、马尾辫、单脚着地奋力往前掷飞机的卡通小女孩儿，我就想：这不就是郑老师自己吗？

郑老师很幽默，却并不是一味插科打诨式的逗趣。她的幽默体现在接话时爆发出的金句。她轻易不开口，开口便叫人忍不住哈哈大笑。郑老师很有风度，不论工作忙碌烦琐，还是生活细碎喜怒哀乐，在她的脸上似乎永远都是不着痕迹的。由此就让人从中窥见了一套可贵的生活哲学：不紧不慢，不咸不淡，不藏不显。而她宠辱不惊的外表下又深藏着一颗与她年龄大相径庭的童心。写到这儿，再想到同事用"可爱"一词来形容她，确实贴切。要是 Z 校长本人看到了，我想，她定会用她那句惯用的口头禅来评论一句："优秀！"

很早之前，先人就曾告诉过我们"人不可貌相"，意指不能以貌取人。《鬼谷子·相辨微芒》曰："执形而论相，管中窥豹也。

不离形，不拘法，视于无形，听于无声，其相之善者也。”

放在当下，我却想说：“其实，人是可以貌相的。”随着年龄的增长，每个阶段都开始有每个阶段显而易见的表现：或前进或滞留，或精神的昂扬或情绪的颓靡，一个人的状态尽显于相。听一位老师上课，观察她的穿着打扮，留心她的言谈举止，大抵也能看出些什么来。这就像刚开学遇到新同事时，大家总喜欢互相猜彼此是教什么的，一猜，大部分都能猜对。这凭的并不是互相的了解，而是第一感觉。大师风范，则必有亲人之德。人越是到中年以后越是能在外表上显现出自身的性格、风范和气度，其中，女性的气质尤其明显。

人们常说，“相由心生”。性格写在脸上，情绪起伏表露于声音。我一直相信，只要一个人足够有光芒，绝不会有“面色蜡黄”之相，岁月也会优待于她。即使真正到了白发苍苍、满脸褶子的地步，也还是可以坚信“人既不可以貌相，但又可以貌相”，因为真到了那个时候，我们不妨一面神游于牝牡骊黄之中，另一方面又超越牝牡骊黄之外吧！

忽而今夏

每年夏季入梅的时候，雨事就多了起来。我站在教师公寓四楼的窗台边，透过碧绿的纱窗，目之所及处，尽是灰蒙蒙的一片，想不出任何词语来形容眼前的景象，是萧然？却也不是。耳边是清晰的风声、雨声、树叶的沙沙声。适才方晴日，转瞬已然骤雨中。

每年的六月，最不缺的就是故事。鲜花、旗袍、掌声、泪水、笑容……高考的尾声方才画上休止符，紧接着中考就拉开了序幕。很难界定时光在人生的哪个阶段就打上了一个标点，但人生就是这样，它是一场接着一场的接力赛。

上周五，曾经的学生在QQ上发来消息："杨老师，下周我们回学校看你！"他们是我带的第三届毕业生，离开小学校园已有两年了。记忆里的他们听话、懂事，充满了阳光和活力，也有些不安分的小调皮，却是那个年纪最应该有的样子。每年毕业季，当一拨拨毕业生回学校看望我的时候，看着他们眼中的光彩，听着他们现在的故事，心里既高兴又感动，在那一刻才真正体会到了做老师这个职业的幸福。来来往往送走了很多学生，却真是应了他们毕业的时候郑老师对我说的那句话："他们，会是你最难忘的一届。"能被学生记挂，何其有幸。

他们来的那天，送来了鲜花、零食。我说："正好下一节我的班会课，你们去和学弟学妹们聊一聊你们的小学和初中生活吧。"曾经那个说话都腼腆的男孩在我的临时"要求"下站上了讲台，即兴讲了二十分钟，落落大方，自信得体。我的女孩子用温柔又俏皮的语气替我一字一顿地“警告”了讲台下的弟弟妹妹们：“不要惹杨老师生气。”台上是轻松和谐的氛围，台下是阵阵的掌声和笑声。我坐在后面望着青春洋溢的他们，他们的身后已然有了一道光，那是成长，是蜕变，是感性。我的眼角湿润了。

由于学校工作的变动，带过他们的很多老师都离开了我所在的这个校区。他们失望地向我“抱怨”道：“美术老师不在这儿了，数学老师、英语老师……”“是的，只有我和郑老师还在这儿。”我笑笑。人生往往就是这样，相遇，离别，不知不觉就散了。送走一届届学生，看他们一路高飞，我再原路返回，慢慢地就将青春熬成了一本泛黄的书。

他们离开的时候，郑老师最后叮嘱他们学习上不要有太多压力。我在四楼目送他们远去，一句话也没有说。骤雨不终日，我知道他们还要带着湿漉漉的灵魂去追春潮从容，士不可以不弘毅，任重而道远。

如此“败家”

下班从电梯口出来，碰到同出电梯的郑老师，她打量了一眼我的全身上下——左手提着电脑包，右手捧着一杯尚有余温的咖啡，右肩上挂着一个小背包。郑老师问：“这个小电脑是不是很轻？”“嗯，就是去年买的，超轻。”郑老师想了想，终于忍不住抿嘴笑道：“哎，我发现你真的挺‘败家’的……”

郑老师常常取笑我“败家”，原因是她无法理解我每天必喝一两杯现磨咖啡，电脑用不顺手了第二天就去买了一台新的，为了进剧场看戏拍出好看的照片特地买了一个单反相机……如此种种。她每开一次玩笑，我都要绞尽脑汁用各种歪理去反驳她：喝咖啡是为了更好地工作，买电脑是为了更好地写作……然而，有时候也反思自己：要是能把一个月买咖啡的钱省下来，也真是笔不小的钱呢！难怪郑老师说我“败家”，这样一想，还真是有那么一点儿。

去年夏天，我被通知参与乡土教材的编写工作。编写的工作量大，时间短，其间还要上网查阅各种资料。我望了望自己用了五年的笔记本电脑，无奈地叹了一口气。它就像一个风烛残年的老朽之人，一声不吭地安坐在那里，没有抱怨，也没有叹息。我知道它陪着我度过了无数个挑灯夜战、埋头码字的夜晚。在它依旧光滑如新的键盘上，我敲出了近十万的文字。如今，它动不动就卡住，常常闪退，打字时字符在屏幕上跳出来的速度慢得让人心焦。这一切迟缓的反应都在提醒我，它确实到了该“退休”的年纪。要知道，对于一个写字工作者来说，有时候电脑的卡顿，影响的不仅仅是效率，更有可能是那一瞬间迸发的宝贵的灵感呀。于是，二话不说，第二天我就直奔商厦，提了一台崭新的笔记本电脑回来。郑老师知道了，直言：“你怎么不跟我说呀？我有一个新的笔记本可以借你呀！”如此，郑老师便认定：“你看，你真是败家。”

张岱在《陶庵梦忆》中说：“人无癖不可与交，以其无深情也；人无疵不可与交，以其无真气也。”人有些在工作、家庭、生活之外的有营养的兴趣，才能给自己带来更多快乐，修得智慧。实际上，反观那些所有花费在自己身上的东西，何尝不是由“癖好”衍生出来的呢？闲下来的时候，常常花很多钱买书，买笔墨纸砚，买一切好看的新奇的玩意。这是对生活精致、精神愉悦的一种追求。咖啡是必须有的，它已然成了我精神上的依赖，能够支撑着我继续在写作这条路上持之以恒地走下去。一切用得顺手的工具也必须是要有的，它们的存在是为了将生活中的美学发挥到极致。买了新电脑之后，打字打得顺心、舒服，写作的积极性也高了。于是，又开始学剪辑、学图像处理……玩得不亦乐乎。我安慰自己，这也不算败家，就算是给自己的一种隐形投资吧！

学期末，进入复习阶段，我望着自己作业本堆积如山的、灰白的桌面，心中黯然，于是，立马上网定制了一块 PVC 材料桌布；还买了一盆红梅，架上了古色古香的毛笔架。一通折腾和改造，笔墨纸砚在办公桌上铺展开来，总算有了那么一种书香气。那一盆花了我近六十块钱的红梅，在桌角上像一团火，热烈、夺目、奔放，也因为有了它，让人感觉这个冬天也不全是肃杀与严寒了。

我心想，不知道郑老师看到了，会不会又说我花了许多没必要花的“冤枉钱”，败家。但如此“败家”，内心是丰盈和幸福的呢。在感受到幸福的同时，我也能感染身边的人，至少能让身边的人感觉到，这个世界真是美好，真是温情脉脉呀。

身后是什么

赶在入冬之前，和郑老师进剧场看了一场心仪的演出，谢幕的时候，我奔向乐池，朝着台上的演员们激动地挥舞着双手。人潮未息，我转过身，望见郑老师就站在身后安安静静地候着我，笑得一脸灿烂。于是，我带着兴奋和羞赧连蹦带跳奔向郑老师身边，那一刻，心里涌上一股巨大的温暖。

身后是什么？那一刻，身后是一种依靠、一种等候、一种包容。无论多么疯狂和大胆，总有人在身后默默地陪伴你、鼓励你，那份无条件的理解和支持会延伸出一条无比宽阔的道路，让人知道，即便后退，身后仍有坚实的依靠。因此，在经历淬炼的人生路上，我们也就有了不必回头的底气。

身前是水，身后便是山；身前是梦想，身后便是现实。一个人身后就是一个故事，成人后终于明白，不同年龄有不同年龄的烦恼。学生时代多数人听着长辈们的叮咛，“站直、坐端、走正，不可忘四世同堂笔置几上之风”，高压之下渐渐习惯长辈的严厉。殊不知，那些不曾被理解的“严厉”为我们构筑起的，恰恰是一座最幸福、最稳固的靠山。

看电影，追溯革命历史，终于明白报国是什么：是在敌强我弱、敌众我寡面前要血染山河、冲锋在前的绝不退缩。不退缩不是因为后面没有路，而是因为身后是国家、民族的尊严和我们深深爱着的人。

学生时代喜欢冬天，只要下雪就不用站队，也不用跑操。可以在雪地上写写画画，打雪仗，堆雪人，即使天上飘的雪花小得可怜，也足以叫人兴奋一整天。上了班，感受却全然不同了，因为身后不再仅仅是冷空气和打滑的路面，还有风雨无阻的打工人，清早从汽车后视镜里窥见的是生活的不易。人间烟火、蛛丝马迹，都在每个冬天循环往复。

于是，我们就习惯了往前看，秋去冬来，春去春回，周而复始。

时间在推着我们往前走，人也总是要往前走的，但是，只要步履不停的我们一回头，望见的就是充满活力的过往，是起了雾的青春，是所爱之人给予的温暖，是锋芒的棱角折射的真实生活。我突然明白了，我们的身后原来是真正笑着哭着的纯真，是不含杂质的纯白。少年的回头望啊，是要把一切都装进记忆，然后推开门再往前，闯进风尘之中。

百年里，浑教是醉

邹老师送了一幅字，我把它挂在了办公室的墙上，每天抬眼就能望见那几行明媚而秀丽的字：“蜗角虚名，蝇头微利，算来著甚干忙……”是我最喜欢的苏东坡的一首《满庭芳》。

每年生日的时候，邹老师都会写一幅字给我，只不过字的内容却是由我自己来定。她给我写过陆游的《钗头凤·红酥手》，也写过《蝶恋花·答李淑一》，以及苏轼的这首《满庭芳·蜗角虚名》。有人说，过生日哪有送如此寓意的字画的，“红酥手，黄縢酒，满城春色宫墙柳”，陆游和唐琬的结局并不美好，沈园梦碎，破镜终难圆。

历史上的文人骚客做官后都容易被贬，遇到个性鲜活甚至内心感性的还会一贬再贬。因此，那些不毛之地与天涯海角留下了很多传世之作，这也使得中国的文学史更加丰富多彩。于是，我们有了李白的“仰天大笑出门去，我辈岂是蓬蒿人”，有了杜甫的“图南未可料，变化有鲲鹏”，有了孟浩然的“草木本无意，荣枯自有时”，有了苏东坡的“竹杖芒鞋轻胜马，谁怕，一蓑烟雨任平生”……他们都将后世的我们定格于不屈坚韧的局域之上，让我们真切地去感受活着的意义，让我们在经历人生低谷的时候，但凡想起他们来，拄竹杖、曳草鞋，轻便胜过骑马，风风雨雨就都成了小事。

很多年前，一位初中老师与我谈起那时候很喜欢的柳永，一句“才子词人，自是白衣卿相”的潇洒和恣肆，让人由衷地感佩并羡慕。他世俗，他桀骜，但他却从没有以高傲的姿态凌驾于百姓之上。相反，凡有井水处，皆能歌柳词，他的浅斟低唱换来了他从未料到的身后浮名，多么戏谑啊！后来慢慢体会到，柳永的亦谦亦狂，亦是自己失意之时的苦中作乐。乌蒙磅礴也好，巴山夜雨也罢，人生的定调从来不是永恒的，青春都一饷，何须论得丧。

今年的春天，独自踯躅在江南的细雨纷飞里，有一半的日子被忧愁风雨所干扰，心里默念苏轼的《满庭芳》，看平江路的乌篷船还在摇，内心坦荡，温暖如春。当身化大浪之中时，不妨再举杯三万六千场，可以浑教是醉，可以些子疏狂。

不告而别，才是真正的离开

高考结束的那个夏天，广播里放着周华健的《真心英雄》。那一年具体考的什么，我早已忘得一干二净。这些年在梳理自己身上的很多缺点时，这糟糕的记忆力便被我无情地摆在了第一个。我想，如果我能够对自己的事多上点儿心，大概我童年时还有许许多多的趣事，都能成为我今日笔下的作料，说不定足够开一个“情感专栏”。可惜，成长仿佛是过一年忘一年，那些走过的路和经历过的事情，在自己的脑海里慢慢模糊，直至“断片”，它们给我的印象越来越浅。我一直想，这是选择性遗忘，还是自己真的年纪大了？也可能是过去的十八年我过得确实很平庸，像白开水般平淡寡味，没有故事和经历，也没有撞见能够触动我内心、燃起我激情的事物，又能够记得些什么呢？而十八岁是我的一个分水岭，因为十八岁以后的生活才是摇曳生姿、有章可循的。然而，有选择性遗忘，也有选择性记忆。我能记得高考时，我考场里的监考老师长得很好看，周华健的《真心英雄》唱得不如李宗盛好听。

那一年黄埭农贸市场大门前为我们2011届毕业生拉的横幅很让人热血沸腾，可惜我是在毕业了一年之后才在新闻上看到的照片。于是我想，高中的生活何尝不是一座围城：城里的人想出去，城外的人想进来，想进来的又大多数是已经毕业了的，这时兴许会在贪恋围城里面的温暖时，不忘在转身之时恨恨地说上一句：“高中的老师都是骗人的！”

我们一向都是这样被骗大的，小学的老师会告诉你初中的生活有多美好，初中的老师会告诉你能够上高中是多么美好的一件事。而高中的老师则会使劲给你描绘一幅美好的大学蓝图，然后带着你在看不见硝烟的战场上冲刺，拼命鼓励你进了大学就解放了。可是，等你真正到了大学后才发现，那些彼此间素不相识的老师竟是如此默契地站成了一条线，他们没有告诉你，这里是另一个起点，大学校园真的不是你想象的那样“任你玩四年”。

十年磨一剑，高考不过是把剑磨断了。

毕业的时候没有如今这样强烈的仪式感，甚至连一个仪式都没有。这就像当年周围所有人都在为上“战场”的我们鼓劲，报纸、网络、媒体，乃至于农贸市场都拉着那些豪气冲天的横幅一样，而实际上，作为过来人，恰是切身体会了什么叫作“只缘身在此山中”，临近高考，在象牙塔里忙得焦头烂额还来不及，哪里还顾得上看外面的讯息和鼓励？在那样一个信息爆炸的时代，那时的我们，尚且还是单纯到连手机都不会使用，更没有碰过“微博”“微信”这些新名词的孩子。

这座围城，挡住的是外面的一切浮躁、野心和欲望。

离开的时候应该是很潇洒的，我从考场出来，在捧着鲜花翘首以盼的人群中突破重围，独自上了学校的大巴。等回到学校的时候，在本校考完的同学们早已陆陆续续搬书离开了，很多人都不曾照面，亲口说声“再见”。毕业没有想象中的伤感，也没有解放的狂欢，我收拾了自己的书本，两摞。望着校园里稀稀落落的人群，我叹了口气：“我要怎么拿回去！”

同学Z的出现是很及时的，他推着自行车从我背后赶上来，想必早已看到了我左右手都腾不出的气喘吁吁的狼狈相，笑着拍了拍自己的车后座说：“放这里，我送你回去！”

我们在路上遇见了教物理的老徐，老徐突然笑着对我点点头说：“毕业了啊！”

我略带惶恐地应道：“嗯，嗯……毕业了！”

愣是没想起来要笑，等到笑时，老徐早已向学校走去，留给我一个宽大的、潇洒的背影。

见到老徐总是感到惶恐，惶恐多半是因为自己是一个数理化差极了的理科生。在他面前，拿不出成绩感到分外的惭愧，以至于两年内见到物理老师、数学老师我总想躲着走。内心早已经把自己认定为一个“不合格”的理科生，而在老徐那里，像我这样的学生，更是没有存在感的。我一度以为走在马路上他也是叫不出我名字的，然而我没想到，在我毕业的时候，和我最后一次照面，轻松地说上一句“毕业了啊”的竟然是他。我此时方才觉得，平日里那个严格极了、单单用眼神就能击得人崩溃的老徐，也是蛮可爱的嘛！

我不曾回头再看母校一眼，内心亦没有多大的起伏。

不久，我师发来消息：“丫头，好好走路，你的天地很广阔。”

我小心翼翼地把这条信息收藏好，没有目标和理想的我，依然不知道自己的路在哪里。

毕业是一个人的孤单，也是一群人的狂欢。它应该是平淡无奇、悄无声息的。而青春教会我的第一堂也是最后一堂课，便是“离别”。

离开的时候不需要太用力，不告而别，才是真正的离开。

一个人的旅居

搬进新家已有大半年光景，一百二十多平方米的房子，一个人住，每一天都是空荡荡的。

在外的时间长了，厨房便是不开火的。朋友很难想象，在我家的厨房里找不到常用的锅碗瓢盆，以至于常常取笑我真有了不食人间烟火的况味。很长一段时间，深夜到家洗洗就睡了。难得早归的日子，带上门，卸下疲惫的那一刻缩在沙发的角落，看书，打字。四周是寂静的，灯光笼罩的地方有一丝光的温馨，常常在夜深时拨弄几下古筝的琴弦。

或许唯一需要自食其力的是每晚给自己烧一壶热水，但即使晚上烧了水，第二天一早，水壶里的水依然是满满当当的。等到深夜回家，昨日的水便再一次被倒掉，重新烧。第二天又是如此反复。我想，一个人一天总是喝不完一壶水的。

后来父亲把我仅有的一项生活任务也给免除了。他说，我这里的自来水没有装上净水器，烧出来的水不好。于是，不知从什么时候开始，我每天回到家，桌上的水壶里总是已经装满了滚烫的开水。不论我多早或者多晚到家，连水都不用烧了。父亲总是在我不在家的时候，给我把水装好了拿过来。

生活的模式开始变得单一。习惯了偌大空间里的寂静和孤独，我常常在凌晨五点时醒来，独自站在窗口看日出。没有人打扰的时候是清静的，而清静的两个时间段又无非只是破晓的黎明和无人的深夜。

在外跑的时间更多了，常常是独自打点好行李，说走就走。

依然是背着双肩包、独自穿梭在人海中最不起眼的小姑娘。火车站和月台成了去得最多的地方，离家时从来没有人或是不曾愿意让人来送别过，只是总会在异乡的某个时刻，想起贺铸《青玉案》中动人心弦的一句："若问闲情都几许，一川烟草，满城风絮，梅子黄时雨。"可我从来不会因为到达的目的地而感到一个人的荒凉和孤独，只有在独自上路的途中，才会在似曾相识处偶尔贪恋起曾经经历过的一切，或是街巷旧屋风物人情，或是田间渠岸。

总觉得有某个时刻，拖着行李，在人流中踩着风风火火的步子赶车时，那真是最潇洒的自己。好珍惜这样的节奏，诚恳、失望、矛盾和无奈，绝望的内心托着不甘的乐观，这些心境都有过。它们依然是那么迷人，让我学会了生活，更理解了生活。当人生彻底断奶，当爱责渐重，蓦然发现自己已经波澜不惊。

无论是旅途还是居所，我都拥有着我想要的独自一人的冷清。我曾以为这是最热闹深处的闭居，是最理想的生活状态，然而，当我想起在每一个下了火车归来的深夜，只要我一个电话，不论多晚，父亲总会来车站接我，他从来不会问我旅途怎么样，就好像我没有出去过一般。他仅仅如平常一样在做着我的车夫，那一刻，父亲顶多只会说一句："回来啦？""嗯，回来了。"

我心里，便有千般滋味。

浮生若梦

周六培训，起了个大早。离讲座开始还有一个半小时的时间，我找了家已经开门的咖啡店坐下。我随身带了一本《读者》，望见玻璃窗上氤氲的水汽，享受这片刻的闲暇。

上高中的时候，迫于学业不得不“三更灯火五更鸡”，大冬天冒着严寒走在去往学校的弄堂里，清晨的漆黑与凛冽至今令人印象深刻。读大学时，准备考研，跟着宿舍的学霸们起早贪黑，在图书馆披星戴月熬过无数个漫漫长夜。工作后，为了向学生证明自己要求他们做到的自己绝对先做到，几乎每天都赶在他们之前先到校，久而久之便养成了早起的习惯。其实，无论春夏秋冬，我享受清晨的冷，也享受清晨的静。

人很难有真正放空自己的时候，即使有，那也绝对是短暂的。因为“放空”意味着一种自我的消融状态，意味着放下日常的柴米油盐和琐碎工作，被一种无形的力量滋养和治愈。然而，现实生活中，我们仿佛始终在追求一种高效而忘我的状态，逐渐忽视了生命本身也需要喘息与放空。于是，很长一段时间，我们会发现自己的生命失去了钝感力，精神失去了支撑，“飘飘何所似，欲寄无从寄”。

所以，人是需要将自己从烦冗的事务里抽离出来的，去仰望星空，闲看流云，被夕阳映照，被微风吹拂……在自然与时光的流淌中卸载内心多余的程序，重拾对生活的掌控力。还有那些“无用”的文学与艺术，更能直接地治愈我们。无用之用，方为大用。

我尤其喜欢每天早上独处的片刻，那是最让我感到放松的时候，它构成了我对世界和自我的全部审视。清晨培训前咖啡店里刚刚拉开忙碌的序幕，学生还未到校，整个教学楼尚处在沸腾之前的沉寂之中，甚至于千百年前酩酊大醉、不知东方之既白的苏东坡在那一叶小舟中酣睡……这一切都如此使人着迷。大抵是平凡的生活艺术化，人就活出了“精气神”。

我越来越相信年龄和对生活的感知是成正比例函数关系的。年龄越上去，对生活和生命的体悟越深刻。那些曾经的“多愁善感”并不是荡然无存了，而是被岁月的洪流裹挟在沉重的哀叹之外，一旦驱离了骨子里的桀骜，就连同“为赋新词强说愁”的勇气也一并抹去了。反过来想，十多岁的青春多宝贵啊，那份细腻和矫情，“真”得令人泪目。

突然就想到了“生命”这个宏大的命题，在这个深秋的早晨。子在川上曰：“逝者如斯夫，不舍昼夜。”几千年前孔子的话到了笛卡尔这里就只剩下了一句：“我思故我在。”这是至高的形而上，也依旧是永恒的无解的命题。但是，我们依然需要这短暂的片刻，去思考，去凝望，发呆和放空自己，让我们四通八达的神经网络串联交织构造成一个庞大的世界。这个世界或许充斥着文艺复兴时的艺术产物，或许回响着热血沸腾的角斗场呐喊声，又或者可以悄悄坐在曹雪芹旁边静观，看他潦倒地迈进酒肆闲谈。

毕竟，浮生若梦。

时光若刻

还没有拆迁之前，我家后院有个葡萄架，有口井，井边有棵柿子树。很早的时候，父亲为了不让年幼的我到井边玩耍，特地在井口上盖了一个盖子。后来我会走路了，父亲又为了安全起见，在井口上装了一个摇水的把手，把井口严严实实地堵住了，只要一摇把手，水就从一边的钢管里流出来，从此我们家就再也没有了把西瓜装在网袋里吊入深井冰镇的机会。

紧邻着葡萄架一侧，是由东到西流淌的一条小河。如今回忆起来，我家完全符合那种江南人家、小桥流水、临水红妆的写照，因为在后院一侧还有一条小船，那也是我家的。父亲喜欢捕鱼，喜欢一切有关捕捞水生动物的游戏，比如什么螃蟹、龙虾、黄鳝……父亲都捕到过。有时候是用叉子，有时候是用电瓶，背在身上，一手拿着长长的网兜，一手拿着电叉。因而我们家还有一间满是泥土气的小屋子，那是父亲的仓库，里面许多东西都是他自己做出来的。

父亲的发明最让我印象深刻的是一艘自制的“水艇”。他用一个拖拉机的轮胎——那种轮胎比平常的汽车轮胎要大上好几倍，然后将轮胎空空的内圈部分用粗而厚实的麻绳编织成网。紧接着他找来一只圆形的木桶，往麻绳网上一放，巧得很，那木桶不差半分的刚好能安置进去。父亲将轮胎充满气，确保没有问题之后，便将它放进河里试水了。

我看得满心惊奇，只见父亲搬了一个小板凳放在木桶里面，拿了一个洗衣服用的棒槌做桨。一边开始在水里划动，一边笑呵呵地对着岸上的我们展示他的发明成果。父亲就这样在水里用这个大轮胎乐此不疲地到处撒网捕鱼。

我是从那个夏天再一次被要求学游泳的。

父亲没有为我准备游泳圈，没有像现在的游泳池，也没有专业的教练。我身上绑了七八个雪碧的空瓶子，背上长长的一根绳在父亲手里攥着，就这样下水了。然而，初次下水后脚无着落的恐惧使我到了水里后使劲扑腾又使劲往下沉，一边在水里哇哇大叫，一边喊着再也不要学游泳。父亲就这么把我拉上了岸，叹了口气说："下次吧。"

能记得的第二次下水又是一年之后了。

在奶奶家河岸上有好几艘大船，都是粜米时用的。我多喜欢在船上，或是在父亲自制的那艘水艇里和他们一起摇荡在水面。我也曾和堂叔家的表姐一起偷偷解开了奶奶家小船的缆绳，两个人摇着桨就进了芦苇荡。总觉得我年少的天性里就有男孩子的勇敢。父亲在船上再次鼓励我下水，那时候农村的孩子不会游泳或是不学游泳是很少的，我不谙水性成了父亲的一块心病，江南水多，河多，父亲总担忧我的安全。于是，这一次，依然绑着很多的空汽水瓶，只不过多了一个游泳圈。我努力地克服恐惧，从长满青苔的石砖上滑下，然而一到水里就触电般的哇哇大叫，使父亲又一次妥协了。

如今，老屋已经不复存在，周遭的一切都已被繁华与喧嚣所取代，唯有那条小河还幸运地保留了一汪活水，依旧汩汩地流淌着。二十多年过去了，不争气的我还是没有能够学会游泳。我只是突然在某个惊醒的夜里想起了曾经的家院，想起了那些残砖瓦砾，想起了藏在童年里的故事。我知道，所有饱经风霜的痕迹混合着抽象的记忆，最后都会消失在漫长的岁月之中。

时光若刻。

姑苏城内的守书人

五月的周末，为了寻一些文徵明的资料，在好友的陪同下，我利用两天时间走访了苏州古城区的角角落落。

我们走访了文徵明纪念馆、文徵明墓，特地花了八十块钱购买门票去拙政园找他亲手栽下的紫藤，一圈打卡，出来已是下午三点半。在网上搜集资料的时候，看到有人说，平江路钮家巷的一家旧书店——文学山房书店，藏着很多古籍，而守着书店的，是一位近期颐之年的老先生。这老先生的身上，又藏着很多特别的故事。于是我们循着导航，兜兜转转，在摸索中找到了这家书店。

时值五月，午后时分竟如同盛夏般炎热。此时，阳光透过梧桐叶，斑驳的树影像书页般印在文学山房前的空地上。书店的门面并不显眼，抬头，目光仔细地搜索，才能看见一块红色的牌匾，上面刻着一行繁体字——文学山房旧书店。走进文学山房，这间不到二十平方米的书店里，每摞书籍都被细致地做了分类：李太白文集、三国志、吴中人物志……黑色铅笔字在白色纸条上留下标记，贴在书底。

我们进去的时候，那位传说中的老先生正独自坐在门口的角落，戴着一副黑框眼镜，也不说话。在他的旁边同样有两位年纪较大的老先生唠着家常。书店的空间很小，也没有装空调。踏进门槛的那一刻，只听见头上古老的电风扇吱吱呀呀地转着，仿佛在一圈圈无力地数着岁月的年轮。

网上说，这位老先生已经九十八岁高龄了，但头脑灵活，思路依旧很清晰。当我表明是为了写剧本想来求一些文徵明的资料，这时候，老人终于开口了："文徵明，他的资料很少很少，一有就被人拿走了。"说这话的时候，他没有片刻的思考，就像这里的所有书他都如数家珍一般，哪些资料哪些书籍有或者没有，他清楚得很。我们笑笑，只能一个劲儿地道谢掩饰自己的尴尬。这时侯，老人的儿子拿出一支笔和一个笔记本递到我跟前："你留下电话号码和姓名吧，有了我就联系你。"我千恩万谢地写下了自己的联系方式，只听得坐在角落的老先生不紧不慢地说道："你们总是要用了才来找（平常不留心收集），哪儿有这么容易找到的呢？"

那一刻，我的心猛地颤抖了一下，内心很惭愧，却也深以为然。遇旧书如逢故人，无论是书籍还是资料，都是要人懂得去用心珍惜的。

谈话间，老先生指着书架上一本厚厚的书告诉我们，那是他自己的自传，让我们翻翻看。我这才知道老人名叫江澄波，1926年生人，出身于一个古旧书籍世家。若从江老的曾祖椿山先生算起，江家书业已传承了五代。椿山先生因战乱从湖州到苏州，在苏州阊门"扫叶山房"做店员。扫叶山房始于明代万历年间，一直延续至清初。1899年，椿山先生之子江杏溪在苏州创立"文学山房"，此书店位于苏州护龙街嘉馀坊巷口。在江杏溪与其子江静澜的经营下，文学山房在江南大有名气。书店不仅收购古籍旧书，也将古籍重印发行，一时间成为很多藏书家造访之地。

1942年，十六岁的江澄波就是在这样的环境中早早入行，从此再未离开过书店。此后，他与郑振铎、顾颉刚、顾廷龙、赵万里、阿英、黄裳、黄永年等几代学问家结缘，一生抢救了无数古籍善本，并把多部宋版书送入国家公藏机构。受父辈影响，江澄波从小对古籍产生了浓厚的兴趣，学习钻研版本目录学，在古籍鉴定与修复中积累了丰富的经验。很多古籍被收到文学山房时已碎页零散，虫蛀破洞。江澄波的桌上摆着糨糊和各种工具，用来补虫蛀之处和残页。补得多了，凭借虫蛀形状他就能判断出蛀虫种类，进而推测书籍的存放环境。

我试着和老人聊一聊他的故事，老先生却说："我活了九十多岁了啊，那么多事，不知道从哪里说起。"我心下一阵触动。

我们到达书店的时候已经四点出头了，老人的儿子告诉我们，先生每天坐在这里，上午准时开门，下午到四点半准时打烊，慢慢地走回家，日复一日，年复一年，就这样安静地守着这家书店已经几十年了。总觉得不应该再打扰先生了，我们向先生告辞。踏出店门的那一刻，我脑海里依旧回想着老先生说的一句话：最开心的是"给读者找书，给书找读者"。

无意到访的书店和邂逅的老人，那些熟悉的封面、泛黄的纸张……仿佛在分秒间，就回到了那个年代。

第三辑

梦回何事萦怀抱

粉墨春秋
岁月静好·与君同
姹紫嫣红桃花笺
问苍茫大地，谁主沉浮
从『瘾』字说开去

粉墨春秋

一、生旦净末丑，粉墨演春秋

2018年山西华晋舞剧团《粉墨春秋》为期两个月的巡演，最后一站在安庆黄梅戏艺术中心圆满落幕。谢幕之后，此剧带给观众的感动和余温久久不能褪去。我望着舞台上汗流浃背却依然绽放着灿烂笑容的演员，心下不由得赞叹：这是一支朝气蓬勃的青春团队创排的舞剧，是第一次将中国传统戏曲功夫与现代舞蹈结合起来的特殊尝试，是钟灵毓秀的大地上滋养出来的梨园艺术。

两年前第一次在苏州独墅湖影院观看《粉墨春秋》，是冲着它的编剧李碧华而去。李碧华的《霸王别姬》着实太经典了，以至于人们永远不会忘记，《霸王别姬》是如何把人性的丑陋与无奈用略带戏腔的台词包裹起来，让所有的背叛与分离、痛苦和血泪最终都随歌逝去的。"一辈子只是一辈子。差一年、一个月、一天、一个时辰，都不能算'一辈子'"，这句台词像一把刀子般深深地扎进人心。也因此，对李碧华的作品，尤其是她的又一部与戏曲相关题材的创作，更为期待了。

《粉墨春秋》的故事发生在清末民初，描写的是北方的一个梨园戏班。生旦净末丑五大行当中，三个武生在生死爱恨中成长。长靠武生、短打武生、撇子武生、喜顺班坐科的光头小子，分行后各有其戏缘与命运。台上技艺超卓、风华绝代，台下苦练奋斗，有血有泪。

聚散经历叫小师弟跌至谷底。他在穷途末路时，顿悟戏路，闯出一片新天地……

看完剧情简介，发现她的作品似乎都在表达着同一种感情、同一种挣扎，那是对生活的无奈，对命运的敬畏，对生命的尊重，乃至于对人生际遇的挣扎与接受。

台上的幕布未曾拉开，却已然让人唏嘘。

二、我本男儿郎，亦是女娇娥

第一幕的出场，华晋舞剧团仅凭借一个“踩跷”与“髯口舞”便震撼了现场所有观众。无论是“跷鞋”还是“髯口”，都是中华戏曲文化中极具代表性的元素。跷功是中国传统戏曲中流传已久的一种独特表演技巧，是武旦、刀马旦、花旦的专利。舞台上表演踩跷的演员在艳丽的服饰及光影变幻下显得更加瘦小。高难度的踩凳，每一个动作无不体现着专业技巧。作为一名充满灵性的舞蹈演员，他以自身的肢体和富有韵律的动作将人体之美、人情之美、人性之美展现在观众眼前，伴之以俏皮生动又不失沉稳雅致的音乐，他脸上的神情和笑容却是有一种叫人捉摸不透的冷静。一套动作下来。在起初的期待和最后的掌声中，我悬着的心也放了下来，我知道，当他最后谢幕时褪下头上的装饰，显示出他的男儿身时，观众的掌声会在惊讶之中更加热烈。这是我的一位故人，《粉墨春秋》中的踩跷演员——杨涛。

舞剧《粉墨春秋》从小人物在大时代背景下多舛的命运入手，通过独特的舞蹈语言，表达了对生命价值和生命意义的追寻。喜顺班在红极一时之后终究难逃“福祸相倚，物极必反，道法自然，否极泰来”的法则，与三师弟黑豆的成长变化一起，起承转合。演出中感人的片段很多：三师弟黑豆偷学技艺，被师父罚，众师兄弟为他求情；二师兄与青梅竹马的财阀三姨太旧情复燃被发现，大师兄欲救他而被枪杀；黑豆受挫自暴自弃，但燕儿不离不弃……每一个舞蹈都是一段剧情，每一段剧情都让人揪心。这部戏曲舞剧，充分利用了戏曲元素排演了一系列髯口舞、高跷舞、水袖舞、靠旗舞……

在灯光、舞美和道具都高度统一且让人为之惊叹的舞台上，那些演员们，亦是男儿郎，也是女娇娥。

三、舞台小世界，人生天地间

我所知道的是，在到安庆演出最后一场的前几天，他们还在苏州巡演。两个月内，《粉墨春秋》和《一把酸枣》两部剧同时演出。他们的常态是要在到达演出城市的第一天装台，第二天全天练功、合成，晚上演出；演出结束后再拆台，到下一个城市，周而复始，其辛劳不言而喻。但这部剧能够巡演百场乃至千场而热度依旧不衰，观众的掌声仍然热烈，也就充分说明了《粉墨春秋》的经典和口碑。

《粉墨春秋》演出中途休息时，杨涛发消息告诉我："我们一会儿结束后会到前厅和观众合影。"这是他们每一次演出后必做的一件事，仿佛艺术或者是从事艺术的人从来不应该和观众有任何距离。是的，他们自始至终都与观众在一起。

人生如戏，戏如人生。作为一部荣获了"国家舞台艺术精品工程十大精品剧目"、中宣部"精神文明建设'五个一工程'"优秀戏剧奖、文化部"文华奖"、文华优秀剧目奖、国家文化出口重点项目等多个重大奖项的优秀剧目，离不开每一位演员的坚守，更离不开剧团所有幕后人员及领导的支持。他们的背后还有许多值得记住的名字，比如对舞剧鼎力支持的院长王力、团长王菁华、副团长郭郡……还有一直教导演员们除了专业技术外，还要多看书、多写作的刘文团长，从舞剧初排开始就一直陪伴着演员们，陪着他们一起经历舞台上的疼痛到最后华丽绽放的张凡老师……当杨涛告诉我这些时，我看到了他眼中闪烁着炽热的光芒。

巡演落下帷幕。五次谢幕，观众久久不肯离去，这说明好的作品一定是打动人心的作品。

剧院里最后响起《粉墨春秋》的主题曲，“一悲一喜一抖袖，一跪一拜一叩首”，我知道，那歌声里不仅囊括了几代戏曲人的人生体验，更倾诉了他们的悲辛苦乐；我知道，那歌声里，有一种震慑人心的力量；我知道，舞台上的演员在变，可上演的精品剧目不曾变过，这，就是薪火相传的力量。

岁月静好·与君同

——记“尹桂芳先生诞辰100周年”之越剧《桃花扇》苏州巡演

写在前面的话：

知名的专家学者写君安的文章很多，给我印象最深刻的是王评章老师的一篇《尹派生命情调的歌唱》，读完后有一种荡气回肠的感觉，叫你不得不服。所以我很少写君安的戏评，因为她的关注度太大了，专业的业内人士写得太多了。

2015年我回到永安待了半个月，一直想去福州的芳华越剧院看一看。这里成了每个喜爱尹派艺术的戏迷的情怀所在，是为我们培养了这么好的一个王君安的摇篮所在，因此一直想去圆了自己这个心心念念的愿望。但是遗憾于某些因素，这年我最终没有去成。2016年我又一次到厦门，离福州并不远的距离，却因为已经定好的行程抽不开身再次抱憾。所以，至今我心里总有些放不下这个执念。

与此同时，君安这几年也久居国外，非常低调，很少露面。这样的日子使我们翘首以盼，盼着她回来，盼着她与我们见面，盼着她再次回到舞台。因为，她是属于舞台的。

其实对君安的喜爱并不仅仅在于她的艺术才华、她的婉转柔糯的唱腔。我总觉得她的经历与我的成长轨迹有着相似之处。十多岁成名的君安在事业最盛的时候选择出国深造，学的是金融。十多岁的我在文学道路上慢慢摸索出门道渐入佳境的时候进入了大学，学的也是金融。太先生尹桂芳去世后，君安回国重拾越剧，重新回到传承尹派艺术的道路上，如今的我却也是在毕业后重新回到了与文学艺术不可分割的这个圈子里。某种程度上，我觉得特别理解她。因为我知道，这样的周折背后，其实更多的是保持纯粹的那份初心，是一种选择独善其身的清净。所以，王君安的身上，始终带有一种让人觉得远离烟火般的淡淡的、如水的清冷，用“淡泊”这个词来形容她，最是确切。

这一次君安来苏州了，来巡演《桃花扇》。我想，我两度抱憾没能去她的城市，同样并不妨碍她来到我的城市，这样的相遇和重逢，或许是时光最好的安排。小小舞台，道尽天下酸甜苦辣；芸芸众生，不过台上生旦净丑。有一句话是从网上看到的，说君安已经快是五字开头的人了，所以舞台上的她，看一次少一次。我们见一面，也少一面。今天终于认真地想为她写点什么。

惜相逢，盼君安。

——2019 年 6 月 20 日于苏州

从剧院出来已是十点半，人潮未息，君安和陶琪老师的《桃花扇》带来的精彩，使人的内心无法抑制住那份感动。出剧院大门的时候，听见一个阿姨说：“我们都是戏痴。他们（台上的戏曲演员）也是痴，我们也是。”她以一种开玩笑的、揶揄的口吻说着，她不知道我这个无心听到的人却正在她背后会心地一笑。

从人民路一路开车回来，近一个小时的车程，却一点也不感到疲惫。车里放着君安的唱段，这个声音使我陶醉，也使我不能够释怀。虽然刚刚才过了这么大的瘾，看了她的现场演出，或许也正是这个原因，我仍然情不自禁地想要听她的声音，循环，再循环。

《桃花扇》这个戏于我是有情结的。我曾经几度参加的戏曲文学的考试，几乎每一次都会考它，而每一次写到关于这个剧目的大题时，我总是信心满满地对答如流。因为比起《西厢记》《长生殿》，乃至于《牡丹亭》，我最喜爱的是《桃花扇》，也最熟悉《桃花扇》。

孔尚任的《桃花扇》是一部表现亡国之痛的历史剧。作者历十余年三易其稿完成。这部作品将明末复社文人侯方域和秦淮名妓李香君的爱情故事，置于弘光小朝廷面临风雨飘摇、大厦将倾的大背景之下，以复社文人侯方域、吴次尾、陈定生为代表的清流同以阮大铖和马士英为代表的权奸之间的斗争，揭露了南明王朝政治的腐败和衰亡原因。作者说："借离合之情，写兴亡之感。"其实，正如君安所说，它是一部政治剧。

舞台上一百五十分钟的呈现无法将整部戏的剧情完整地展现给观众，因此，总要经过编剧的重新创作，选取最精华的部分形成最震撼的舞台和视听效果。在这部剧还没有正式首演、大家只听到《桃花扇》新排的消息时，戏迷们都无法抑制住内心的激动和期待，因为主演王君安、陶琪（我们称为"安琪"），也因为这部剧的改编者王仁杰老师。这三个名字，在戏迷心中有着举足轻重的分量。

君安的《桃花扇》第一场便是《却奁》，然后选取了比较重要的几个场次：《守楼》《寄扇》《骂筵》《题画》《归山》为主线串联起整部剧情。这几乎涵盖了孔尚任原著中所有的高潮之处，因此，整场戏显得十分紧凑、耐看。我总觉得它突破了戏剧中在某个节点设置冲突与高潮的模式，君安的《桃花扇》，每一场都是高潮。

舞台上的王君安依旧是在序曲之后缓缓登场，一袭红衣显得十分清瘦，那熟悉的台步恍惚间就将人带入了《盘妻索妻》的《洞房》中去。看到她的刹那，台下就爆发出了雷鸣般的掌声，我知道，这里太多人都是为了王君安、为了侯方域而来的。我看到她上场的那一刻，眼泪竟掉了下来。

侯方域和李香君的戏份总是令我印象深刻，尤其是当侯方域投奔史可法，不得不与香君分离时，看得出台上的君安举手投足间都用尽了心思，一个皱眉、一个驻足、一抬手，一转身，每一个细节处都写满了“家国情怀，离愁别恨”，那缠绵悱恻的唱腔更是不消说的，她的声音于我们戏迷而言太有辨识度，太熟悉，也太好听。我们戏称的“开口跪”实际上一点儿也没有夸张的成分，听君安唱戏，是一种身心的享受。这个舞台上风度翩翩的小生，确实有着一种无可抵挡的魔力，难怪坊间有“白马”的盛誉，“愧杀我，中原儒门，诗礼传家，东林哲嗣，浊世清流，复社班头，帚藏七尺男子汉”。她演侯方域就是侯方域，她演柳永便是柳永，以至于我们形容君安再也找不到其他的词汇，都用尽了一个“帅”字！

剧情是根据侯、李的分分合合被推动着向前发展的，因此，原著双线式的结构在舞台上的表现或许就更加侧重男女主人公的单线结构，但这并没有偏离它作为一部政治爱情剧的主题。我想，如果一场演出的时间能够加长，或许还能够加几出戏用来展现那个摇摇欲坠的南明王朝的政治环境，刻画阮大铖之流的人物形象，如此一来，观众与戏迷就更加过足了瘾。

演出结束的时候，所有的戏迷都开始往前拥。虽然心下早已有所准备，毕竟王君安的演出几乎每一场都是如此，戏散后观众久久不肯离去，但真正感受到家乡朋友的热情却还是第一次。我望着壮观的人群，听着此起彼伏的叫好声，还有一个比一个喊得响亮的“王君安”，忍不住泪流满面。安琪两次谢幕，那一声声从年轻的小姑娘口中跳出来的“王君安我爱你”是如此调皮而又清晰，成了回响在整个苏城经久不息的感动。

剧院大厅的海报上写着“纪念尹桂芳先生诞辰100周年”的字样，我想起君安自己说过演《桃花扇》也是出于对恩师的一种怀念，因为尹桂芳先生就演过这部剧。这些长长短短的故事，都被温柔地镌刻进了时光的长卷里，也使我每走进剧场一次，就多一次对艺术的热爱与赞叹。真的是如此，不看戏不能感受艺术的魅力，只有走进剧场，才能一次次惊叹原来世界上还有这么美好的东西，也才发现，在灿烂的戏曲艺术面前，我们竟显得有些流俗了。剧中有这样一段唱词："眼看他起高楼，眼看他宴宾客，眼看他楼塌了。"我愿美好的东西永远如高楼般熠熠生辉，我也相信，它是永远不会倒塌的。因为，还有像君安这样的一大批戏曲艺术家，还有像我们这样的一大批戏曲爱好者。

看戏去

周日和好友到保利剧院看戏，驱车至宝带东路，兜兜转转没有车位。在附近绕了许久，终于发现一个“停车场”。说是停车场，其实不过是个废弃的工厂改造的，若不是门口竖着一个偌大的“停”字招牌，只看那断垣颓壁、破败不堪的景象，我是定不敢进去的。

从车窗往外探了一眼，里面停了几辆车，不知道有没有人收费。我缓速往里面开，拐弯处不知何时出来了一位老大爷。等我停好车下来，走向前去，不由得心下一紧：这是怎样的一位古稀老人啊！土灰色的皮肤，脸上爬满的皱纹因为皴裂而更显岁月沧桑。我向他笑了笑，开口问道：“大爷，这里停车收费吗？”刚问出口又不免后悔了起来，因为我看到了他身后孤孤单单安置在那里的板凳，这情景，不用猜都知道他便是在这里看门收费的。

老人开口了，露出上面仅剩的两颗牙：“十块。”听口音知道大爷并不是苏州本地人。没听懂的我又问了一遍：“多少？”“十块。”他举起两只苍老的手在胸前比了一个十字。

我不好意思地笑笑，从包里掏出一张十块钱：“停到晚上也是十块钱吗？”

这时候他用那极其含糊的普通话与我聊了起来：“你们是干什么的？”

“我们是来看戏的！”

一听到“看戏”，老人的眼里泛起了一股激动又欣羡的神情：“在哪里可以看戏？”我向他指了指：“就在前面剧院，今天晚上有戏看。”他那张认真又质朴的脸上一时间笑出了一朵花来：“我也想去看戏，要多少钱呀?”“一百到五百多块的票都有。”

老人不接话了，仍然讪讪地笑着，像个孩子一样。过了一会儿，他才朝我们摆摆手，不好意思地说：“我看不起。”我们微笑着向他道了谢，也准备转身离开。我又回头看了他一眼，那两只藏在皱纹里的眼睛显得更小了，我不知道是因为他在朝我们笑着，还是因为眉头皱着。

演出是在晚上的七点三十分，是由上海越剧团方亚芬领衔主演的越剧《红楼梦》。小时候我也曾跟着爷爷辗转各个剧场，从大学时期开始真正喜欢上戏曲。我会在每个漫天星光的夜晚绕着学校操场一圈一圈地走，插着耳机循环听越剧京剧黄梅戏。那时候听尹派的《沙漠王子》《盘妻索妻》如痴如醉，越剧中青代茅威涛、赵志刚、王君安悠悠扬扬、深沉婉转的唱腔真是又酥又柔，直酥到人的骨子里！始才惊叹戏曲美啊，戏曲是真的美！工作之后有了点资本可以追戏，进剧场亲身感受演员唱念做打、手眼身法步的完美融合，舞台上身段的潇洒俊逸，情绪的含蓄克制，从此叫我这个南方人对戏曲的痴迷一发不可收。

这一次，作为越剧代表剧目的《红楼梦》来苏州巡演，带来的是尹袁版的《红楼梦》。如果说越剧徐派突出的是宝玉的叛逆乖张，那么尹派的特点便是婉转柔绵、柔中带刚，更侧重表现宝玉的细腻多情。三个小时的演出，我想，不少人更是冲着袁派当家花旦方亚芬而来的。她没有让苏州的观众失望，她的唱，一开口就能瞬间带人入戏，黛玉葬花，黛玉焚稿，琴心断肠，足以让人听哭。她的台风很正，把黛玉的孤独孤傲、悲怜无助演绎得淋漓尽致。她眼神充满灵气，扮相秀丽，中间好几处全场响起了雷鸣般的掌声。演出最后二次谢幕，观众久久不肯离去。这，便是对一个演员最好的肯定。

从剧院出来已是晚上十点半，我环顾四周，有不少中老年戏迷。一时间又想起了那个停车场看门的老大爷，心里不免有一丝辛酸。如今看戏的年轻人越来越少，而这种场子却没有真正地为更多想看戏、爱看戏的人打开大门。我们只想着与时俱进、改革创新的传承，努力创造机会让更多年轻人喜欢上戏曲，却似乎忘记了曾经真正热衷于它们的老一辈。以前，他们只要在家门口搬个板凳就能看到村里戏台上演员们“咿咿呀呀”地演着唱着，如今也不知是从什么时候开始，他们连看戏都不知到哪里去看，连一张票都买不起了。

我到停车场取车已经是晚上十一点，没有想到的是，这个点了，那个老大爷居然还在。他迈着晃晃悠悠的步子走到我的车窗边，大约是黑暗中没有看清我，抑或是一心想着收停车费。我摇下车窗：“大爷，我是刚刚去看戏的。”“啊？”“对，看戏的，给过你停车费了。”“哦！”老人向我摇了摇手。

虽然黑暗中看不清老人脸上的表情，但是我却能肯定，他的脸上一定还带着最朴实、最草根的笑。

姹紫嫣红桃花笺

与同行的好友在苏州文化艺术中心大剧院看完《桃花笺》演出已是夜里十点整，灯光起，幕布开，极具仪式感的谢幕在观众持续的掌声中叫人情不自禁地泪目。苏城这夜的上空落着蒙蒙细雨，从剧院驱车出来，脑海里依然闪现着方才的画面，我想为演员的演出鼓掌，也想为这场雨叫好。想来这雨也落得十分应景了，它浸润了剧中曼妙的音乐、演员柔美的舞姿、主人公起伏跌宕的命运线，一点点地将台下观众们的热情给氤氲了，濡湿了，最终荡漾了开来。

《桃花笺》讲的是苏州绣娘沈寿的故事。清末民初，时代动荡，有“针神”之称的苏州绣娘沈寿及其丈夫余觉流落天津，生计艰难。困顿之中，他们与实业巨子张謇相逢。应张謇之邀，沈寿举家南下南通传承发扬苏州刺绣，并入南通女子师范学校内设的女工传习所执教刺绣。在南通执教期间，沈寿于病中听到了耶稣的故事，她那颗漂泊无依的心被深深打动了。不久，沈寿便呕心沥血完成了一幅仿针绣杰作《耶稣像》,《耶稣像》在美国万国博览会上参展时震惊世界，一举拿下了刺绣类金奖。沈寿的才艺日臻完善，与此同时感情却遭遇了雪冻冰封。在沈寿赴旧金山参展期间，余觉一连娶了两房姨太太，得知此事后的沈寿抑郁交加，加之之前因为操劳过度而小产落下的病根，她的身体状态每况愈下。无法排遣的忧愁和日夜思乡的孤独交替折磨着这个形销骨立的女人。此时，一直陪伴在沈寿身边的张謇却给了她强有力的支持与爱护。两个人相差二十四岁，然而这并不妨碍他给沈寿写诗词，热烈而奔放。他给沈寿提供了最好的休息场所——“谦亭”，他欣赏、珍惜她的书卷气和精湛的刺绣技艺，她绣出的每一幅作品都使他们更增进了相互的了解与心灵的沟通。一方面是对余觉的冷漠、绝情和偷拿、偷卖自己作品而理直气壮的失望，一方面也是对张謇知遇之恩的感念，可是沈寿并没有逾越礼制，她小心翼翼地将这份真挚的情感刻在内心深处，对张謇深怀感恩、感动。直到1921年的夏天，在四十八岁的沈寿生命最后的时光里，张謇每时每刻地陪伴其左右。将近十年，他们在刺绣的传承上一路相互扶持，惺惺相惜。最后告别的时刻，张謇老泪纵横，回想起在谦亭的日子，那飘动的柳丝悄悄打量湖畔的倒影，宁静的笑意，摇人心旌；春云堆成她的秀发，风住雨息。那是最好的日子，那是最后的日子。

整场演出将沈寿一生的境遇高度凝练又淋漓尽致地展现了出来。剧中大量的音乐唱词与演员的肢体语言交融一体，将人的情感与视野一并带入了那个年代中去。沈寿用中国女子最古老也是最深厚的情感表达方式——刺绣，表达出了内心深处含蓄而深沉的情意；“细”“薄”“匀”“净”，苏绣的四道精要也印证了沈寿的一生。沈寿曾说：“天壤之间，千形万态，入吾目，无不可入吾针，无不可入吾编绣。”在女人没有地位的年代，她凭借自己的双手，绣出了一代风华，使得绯闻黯然失色，使自己干干净净。

我在南通求学四年，依然清晰地记得，每次从大学宿舍楼走向教学楼时，都要经过草坪上张謇先生严肃庄重的塑像。他手捧书卷，额间白意苍茫，总是叫人感觉有一种说不出的深沉。之后查阅了相关资料，了解其生平，方才知张謇先生的卓越成就、伟大精神和崇高品格。母校南通大学的校训“祈通中西，力求精进”，乃摘取张謇为医学、纺织两所专门学校校训而成。据相关资料记载，沈寿逝世五年后，张謇也随之而去了，他的墓就在南通大学附近的啬园内。周末时，我和同学们也偶尔会去那里走一走。先生的墓前并不冷落，啬园不断有来自他亲手创办的大学生团体、南通大学的莘莘学子及南通博物院的后辈们前来祭拜。

当我 2015 年大学毕业回到苏州，再次走访位于木渎的沈寿故居时，看到这里有两株百年桂花树和一株老石榴树，不禁感慨万千。故居大厅柱上挂有一副对联："敢将十指弹针巧，无愧称天孙云锦；不把双眉斗话长，何曾数西子馆娃。"里面有许多书画和题字。据说余觉是书画大家，沈寿是苏绣大家，沈寿曾经的绣品底稿均出自余觉笔下，两个人也算是有过一段琴瑟和鸣的时光。可最后因为赌博炒金亏空了巨款，被物欲蒙蔽了双眼的余觉在沈寿病重期间不闻不问，更不曾陪伴病榻之前，还找沈寿要钱要金表，一段感情已然分崩离析。

如今，人们常津津乐道的是张謇和沈寿的这段"情事"，这段"情事"因为张謇与沈寿之间某些诗词而更加意淫了后人脑海中的暧昧。"要合一池烟水气，长长短短覆鸳鸯。""垂柳生柔荑，高高复低低。本心自有主，不随风东西。""病起岁又华，迎神剪烛花。禳灾薄命妾，长生君子家。"无论是镜花水月也好，晓风残月也罢，无论是有也好，无也罢，这些都不重要了。情于诗，止乎礼。张謇对沈寿无微不至的照顾，沈寿对张謇性命相托的信赖，都足以说明两个人的感情超越了世间的一切，正如音乐剧最后大屏幕上投影的那句歌词——人生得一知己足矣。

濠河的水永远会滚滚地流着，它会向人娓娓道来这段不同寻常的故事，会叫人铭记他们为刺绣事业所做出的贡献。

问苍茫大地，谁主沉浮

中国当代作家余华、莫言、刘震云等，他们都善于从细微而又隐秘的伤口处，将人性的阴暗、冷漠、温暖、无私一层层抽丝剥茧，这种剥离是吞云吐雾式的，起初并没有叫人觉得有多大的痛苦，随着时间和叙事的一点一点深入，到最后结尾处只能倒吸一口凉气，郁积于内心深处的挣扎和欲望一下子分崩离析。

一晚上，读完六百页，五十万字。

余华用十年的时间完成了《兄弟》，一部看似荒诞不经，却又处处拷问人性的作品。该小说上部以人民教师宋凡平为中心，宋凡平是坚毅的，可他的坚毅里又透着不得不屈服的软弱。

小说里面写道：

> 李兰拿着火柴走到这些人面前，她站在那里先将眼泪擦干，然后才划燃了火柴，挨个给他们点燃了嘴里叼着的香烟。那个名叫孙伟的长头发中学生吸了一口香烟以后，故意将烟雾吐在了李兰的脸上。宋凡平看见了，这一次他没有愤怒，他低下了头，转身走进了屋子。李光头看见他的继父走进去的时候流出了眼泪，这是李光头第一次看见宋凡平的眼泪，一个强大的男人哭了。
>
> 宋凡平站了起来，站起来的宋凡平没有眼泪了，他幸福地对那几个红袖章笑了笑。然后宋凡平像个英雄走向了仓库的大门，虽然他郎当着左边的胳膊，走到门口时，他转身向李光头和宋钢挥了挥右手。宋凡平挥动右手时的模样牛气冲天，就像

是毛主席在天安门城楼上向百万游行的人群挥手似的。

后来宋凡平被红袖章给活活打死在车站口，连李兰最后一面都没有见到。当李兰见到已经冰冷的宋凡平时，她几乎已不知该如何哭泣。小说中写李兰为了让死去的宋凡平躺入唯一买得起的那副小棺材而砍断其双脚，叫人真的不忍心再看下去。宋凡平之死，看得人哭都哭不出来。连小说里的苏妈都直言不讳地说出："人怎么会这样狠毒啊！"

在苦难面前，选择尊严的李兰身上所凸显的高贵和乐观最是催人泪下。当她拖着板车、带着两个孩子从刘镇的流言蜚语中走过，当宋凡平的父亲——那个老地主佝偻着背，神色凄凉地看着儿子的坟墓时，人类个体的渺小，生与死的一瞬，无法掌控的命运，在螳臂当车般的悲壮中，却爆发出了惊人的力量。

《兄弟》的下半部以宋钢和李光头这对异父异母的兄弟为主线，年少的宋钢继承了父亲宋凡平身上的善良、敦厚、隐忍和坚毅，而放浪不羁的李光头却意外地成了亿万富翁。看似荒诞不经脱离现实的背后，叙说的是更多悲戚而沉重的故事。李光头是善良的，他从来没有忘记过自己的兄弟宋钢，可是，在这个精神狂热、本能压抑的年代里，一切都身不由己。李光头和宋钢的兄弟情谊是整部书里最温情的画面，而最终兄弟反目以及之后的宋钢之死，林红最终成为那个红灯区的老板娘，一切似乎又从现实走向荒谬，走向魔幻。

余华毫不留情的黑色幽默叙事叫人感到悲伤和压抑。这就是那个伦理颠覆的年代，可这片巨大的阴霾已在时间中慢慢退却，不应该忘记的，却是那刻在骨子里的疼痛。

就如小说中老关剪刀说的："命里只有八斗米，走遍天下不满升。"但命运的不济终究只是这一个轮回而已。

问苍茫大地，谁主沉浮？

从“瘾”字说开去

假如说生命有度，把心与身的存在状态从低到高排列成度数，那么“瘾”就是一种超乎正常的生命度。达到这种生命度安全又不妨碍别人的方法挺多，但这些方法的假象是受罪。巨大的甜头就在那一点儿苦头后面。

我保持着差不多两天一本书的速度，希望在这个假期的尾巴里能多充点儿电。朋友说我的思考方式还是那么独特，换作是她，每遇到一本好书总会想慢慢地读。仿佛一道好菜，总是舍不得一口气吃完的；又如倒了一杯好酒，一口一口慢慢抿，才有味道。我想，那么我一定是在酒桌上喜欢大碗一口饮尽的那个，连自己端酒的姿态和面红耳赤的样貌都是顾不得的。

要是真的遇到了好作品，我恨不得一口气读完，都是拿着书几个小时舍不得放下的，还能留着每天一小段一小段慢慢读，那样便太不过瘾。即使读完了也不会因为它的终结而惆怅，因为你会紧接着去寻找下一本。

因此，我坚持阅读，并保持着一定的阅读速度和阅读量。

这大概可以解释为阅读之瘾。

刚读完《铁梨花》，想着那里面的牛旦、栓儿、铁梨花大概无不是有“瘾”的，那种对“敲疙瘩”的瘾，“敲疙瘩”竟能让人如此迷恋。

铁梨花在成为铁梨花之前，叫徐凤至，又名凤儿。被迫嫁给赵旅长当了五奶奶之后，这个聪明的女人以她深藏的才智有幸逃脱了赵家。然而，对于祖辈便是以“敲疙瘩”为生的她来说，即使逃离了赵家，也无法与年少时芳心相许的柳天赐有所善终。难以想象，经历了逃难、躲藏、落户，几十年后的凤儿如何摇身一变变成了铁梨花。她一心想断了这个根，不料想要金盆洗手的她，还是把这个绝活之瘾遗传在了自己的儿子牛旦身上。为了一块鸳鸯枕，一向沉默寡言，甚至老实得让她心疼的牛旦，竟然害死了自己情同手足的兄弟栓儿，铁梨花心里明白，或许这便是做她们这一行的报应，但为了柳天赐，为了后来的凤儿，也为了护犊，为了她所有能求来的暂且的安定，而没有说破。当最后张吉安的出现让她真正明白，原来这一切都不过是一场财富的交易，赵旅长从一开始便是冲着她的那门绝活儿和背后无尽的财富而去的，心冷的她借着“回赵家认亲”的幌子，带牛旦打探到了赵老太太的墓，让牛旦这个亲孙子盗了自己亲祖母的墓。鸳鸯枕出现了，最后，牛旦也被她亲手活埋墓底。

玉碎，人也亡。财富和人两空。

整部作品是围绕“敲疙瘩”展开的，用现在的话说，就是盗墓。但她的作品里向来都是掺杂了很多文学性的元素，因而又不同于一般的盗墓小说。当徐凤至成为铁梨花，成为牛旦的母亲后，整个人物的张力才彻底爆发出来。她有母性的一面，也有自尊的一面，更有顽强、隐忍、智慧、狠心的一面，但在她身上看不到女性的柔软，或者说很多人物所被赋予的性格，是作者本身没有因而心存的寄托，所以她们是立体的，她们做的任何事，任何的出人意料，都可能是生活中另一层面的“我们”内心掩饰的抉择。

无疑，对于铁梨花这样世代以盗墓为生的人来说，导致最后轮回报应、悲惨结局的，还是缘于对“敲疙瘩”的无法摒弃。有了第一回，就有第二回。可以想象，在未知和冒险之后，得到的奇珍异宝对他们来说已不仅仅是财富，更是一种自我满足和巨大的成就感吧！

就像作家在《写作之瘾》中说的："酒是辣的，烟是呛的，咖啡是苦的。人间极乐之事，无不是苦中作乐。写作之于我，也是一种秘密的过瘾。生命一天不达到那个浓度、烈度，没有到达那个敏感度、兴奋点，那一天就活得窝囊。"

阅读之于我，盗墓之于铁梨花，写作之于作家，也许都是一种上了瘾的、秘密的兴奋点。

听朱宝光老师《经典传承——难舍的国粹情缘》讲座有感

以一曲《小开门》出场，在余音不绝的绕梁之音中姗姗来迟。

那样有力的步伐，是标准的戏曲台步；出场站定，自有艺术家天生自带的精气神。说实话，我对京剧打心底并不是太感冒，也许是听惯了黄梅戏的缘故。黄梅戏一如山野的风，叫人更习惯于那样接地气的、出自民间的清新和婉转。大学时选修课的老师在讲戏曲鉴赏时，常常拿国粹京剧来举例，也多亏了老师春风化雨的滋润，从那时起我也开始知道了一点点有关戏曲的专业术语，知道了各种各样的基本功如翎子功、靶子功、髯口功，还有水袖、靠、髯口等服装、化妆、道具，每一样都美得叫人惊叹不已。

但真要谈起戏曲来还是怯得很，原是知道术业有专攻，所以无论是京剧、越剧还是黄梅戏，我都是门外汉，始终还不能窥其一隅，便更不能发表自己的一孔之见。虽是身在苏州，羞愧的是从没在苏州好好听过一场本土的昆曲，个中缘由还是觉得每个剧种千差万别，或阳春白雪，或曲高和寡，不同剧种的不同方言也带来了欣赏上的困难，更谈不上喜爱和追随了。于我而言，昆曲尚且是非我所能一下子接受得来的，更遑论京剧。所以，是为了多学习一点也好，为了更亲近一些戏曲艺术也好，当耳畔回响起幼时小街巷口收音机里传来的“咿咿呀呀”的声音时，要庆幸我总还能为之动容。如今，这些声音越来越远，隔着旧时记忆的鸿沟，渐渐消失在耳畔。坐在十几层的小区高楼里回过头来再沉吟，方能体会其一分滋味。

朱宝光老师在讲座中说，从艺五十六年，是与京剧结缘，方能一路走到今天，字里行间感恩之情溢于言表。这不免又让我想起自己刚教过学生的，在苏教版五年级语文练习里就有京剧《红灯记》的选段。我还记得上这一课的时候，孩子们的热情都很高，当然，我是并不懂京剧的，除了提前备课便是找视频给孩子们看。国粹的魅力何在？唱念做打舞。是的，程式化和虚拟性的美，在每一个剧种里都是灵魂所在。舞台上的一张桌子，两把椅子，便能展示出许许多多不同的时空场景来：大座、小座、桥梁、高山、烽火台、点将台……更不用说那雍容华贵的扮相，那仙袂飘飘的水袖，那风流倜傥的折扇，那威风凛凛的大靠……这一切都是其他艺术所不具备的。

初看戏，不懂分毫，只知道看演员打扮得美不美，唱得好不好听，哪怕是一句词也听不懂，只要觉得旋律好听，那就是好了；后来看戏，迈过了一点门槛，知道了看演员的表演，听唱词，读剧情，看舞台上的一招一式，久而久之，慢慢地入了戏，也动了情。

一喜一悲一抖袖，一跪一拜一叩首，一颦一笑一回眸，一生一世一瞬休。人生如戏戏如人生，唱不完的故事，道不完的风流。无论再看《锁麟囊》还是《白蛇传》，《打渔杀家》或是《碧玉簪》……戏曲情结悉数勾起，每一份雅韵融于岁月都不会蹉跎而去，每一个流派能流传下来，都因有它们各自的追随者。

西风吹不散，岁月荡不去，而我，也因此而更热爱着这份热爱。

观黄梅戏《为奴隶的母亲》有感

郭老师在三个月前就发来消息："小宝，你来安庆，黄梅戏展演周会有很多精品剧目。"

于是趁着假期，我开启了前往安庆的"黄梅戏之旅"。

第一次看柔石先生的作品是郭老师演的《二月》，因为文嫂形象的深入人心，开始渐渐读懂其作品内在想要表达的社会动荡之下肉体所受的折磨与精神的救赎。从贾平凹的《废都》、鲁迅的《伤逝》、巴金的《寒夜》，再到今日所看柔石先生的《为奴隶的母亲》，无论是舞台还是荧屏，从原著再到改编，这些作品无不丰富着现代文学知识分子艺术作品的长廊。在社会转型时所受的欺压侵凌，渴求突破又无法突破的自我困境，在权力和生活的无形压迫之下的弱小无助，所有这些，都构成了那个时代底层小人物（尤其是女性弱势群体）的生存困境与精神苦痛。

如果读柔石的原著，从文字中细细品来，能感受到的是作者每部作品里似乎一脉相承的风格。作品字里行间都充满着温情的留恋与无奈、唏嘘、心痛和愤恨。《为奴隶的母亲》讲的是在民国初年那个黑暗混乱的时代，年轻的春宝娘丈夫生病，又逢荒年，本就贫穷的家庭陷入了极端的困境。为了生存，丈夫将她典当给无嗣的老秀才，替人生子。等她生下一个儿子后，又被老秀才赶了出来，回到家时已是家破人亡。这个没有生存权，没有人权，被百般蹂躏的母亲的悲惨遭遇令人震惊与同情，或许文艺作品中的软弱和痛苦必须得由某种程度上的包容、执着和逃离来体现。同时这也让我想到了鲁迅作品中在盛大祝福声中死去的祥林嫂、吃人血馒头的华小栓……那个时代的种种行为在当时看起来多么正常，而今看起来却荒诞无比。比如为了求生而把妻子典当的春宝爹，借腹生子又无情遗弃的秀才……当人已不再作为人本身这个符号意义存在，而是作为物品被贱卖时，所有的尊严已经被无情地践踏。典妻制度对农村妇女身心的摧残，为作品注入了悲剧的力量。

法国文艺理论家丹纳在其《艺术哲学》里论述了自然环境的优劣对种族性格的影响。诚然，柔石的两部作品《二月》《为奴隶的母亲》中都无法避免的一个话题便是——贫穷。因为农村的贫穷对那个时代底层小人物的裹挟，他们必须用尽一切我们所不能理解的方式来与其战斗。《二月》中的文嫂因为贫穷而无法不接受萧涧秋的救济，可是生活还是没能够给予她一线好转的希望。文嫂的肉体与精神同时死于流言蜚语之下，死于一切的愚昧、传统、奴性和不自由。《为奴隶的母亲》中的春宝娘也是因为贫穷，不得不接受丈夫已然画押将其典当出去的事实，她没有能力去突破和自我解救，正如鲁迅在《娜拉走后怎样》的演讲中指出的：没有经济的支撑，自我解放只能是一句空话。所以，当我们口口声声讨伐其一个个悲剧形象本身的愚昧之时，或许更应该幡然醒悟：解决温饱问题才是破除愚昧的首要之事。

黄梅戏《为奴隶的母亲》中的春宝娘在最后走投无路，意欲结束自己生命的一刻，突然想起了还在秀才府里嗷嗷待哺叫着奶妈的秋宝，想起了被卖作童养媳但尚且还在人世的春宝，瞬间对生的眷恋无比强烈，那一句重申了几多遍的“我要活下去”，使人对其此前的柔弱与奴性与此刻形成的反差感到震惊。我想起了《二月》中的文嫂，或许两位女性身上有着太多作者在精神上寄托的共通与相似之处。不同之处在于，春宝娘最后对生的一丝渴望体现了对自我主体价值关注的初露端倪，而文嫂却始终困在变态世俗所钩织的吃人巨网中，即使还有一个女儿，也早已暖不了她那颗死去的心。

鲁迅在《三闲集·柔石作〈二月〉小引》中写道："浊浪在拍岸，站在山冈上者和飞沫不相干，弄潮儿则于涛头且不在意，惟有衣履尚整，徘徊海滨的人，一溅水花，便觉得有所沾湿，狼狈起来。"

柔石正是那个作为弄潮儿而沾湿衣服的人，他深切洞悉了中国"三从四德""寡母""母殇"等悲剧的主题，所以以其透心之凉的笔调塑造了文嫂、春宝娘等一系列惨遭封建社会精神奴役的女性形象。她们在彷徨中抗争，在贫困中挣扎，却也在封建的糜烂中一点点窒息。

一出戏看罢，和郭老师从剧院出来，我们牵手走在安庆的大街小巷。心灵与心灵碰撞，脑海里回荡着黄梅戏乡音悠扬动听的唱腔，那优美的程式、揪心的剧情，我想起会馆里横幅上的那句标语："戏剧是洗却心灵尘埃的品质生活。"

夜，已生凉。

《梁祝》随想

约同事进剧场看越剧《梁祝》，同事感叹："看戏的记忆还停留在小的时候，到如今，已是几十年都没看过现场了。"

最近我常常去剧院里看戏，有时候顶着炽热的太阳，有时候也碰到几天的连绵细雨。天气好了，周遭的一切就都变得热闹了。生活像一汪无声的泉水，在时间的不可调和中始终怀着一腔孤勇汩汩流淌。然而，在它如水的平静之下，翻腾不息又无法排遣的，是内心那份压抑已久的"戏瘾"。

于是，看戏去，说去就去。

幕布拉开，熟悉的旋律响起。刹那间，是老友，久别重逢；似知音，高山流水。进入剧场就仿佛进入了戏里的那个时代。《梁祝》是中国人的经典，曾经看过八十八岁的中国第一代钢琴演奏家巫漪丽在台上笃定而从容地演奏《梁祝》，一股强大的生命力从音符之间喷薄而出。她在耄耋之年演奏了一曲饱含深情、荡气回肠的弱水三千，每一抬手、每一闭眼，每一条皱纹里都藏满了故事，每一个故事都是岁月的沉淀。

这一次，浙江小百花越剧团带来的是新版《梁祝》。我们选了靠近舞台的座位，环顾四周，偌大的剧场里竟挤满了老老少少。全场一百三十五分钟的戏，剧情清新，台面干净简约，枝蔓给去掉了，上场人物也少，充满了诗意梦幻；音乐始终跳动着轻盈的旋律，在原汁原味的基础上又符合年轻人审美的特点，不禁叫人想起《道德经》里说过——大道至简。是啊，这就是简约的感觉。印象最深的是"化蝶"那场戏，虽是尾声，但亦是重头戏。前面的戏份、剧情已经做足，结尾化蝶，没有唱词，形成留白，化无声为有声，让观众自己去感受，多美的诗的意境啊！我们被感动、震撼，潸然泪下。

如今再看《梁祝》，依旧会为梁山伯与祝英台爱情的坎坷而心酸抹泪。梁祝化蝶，诠释了千百年来爱情的至死不渝，成就了天上人间的千古绝唱。古人是智慧的，他们早已把世间所有的长情糅合在了愁肠百结、深沉婉转的低吟中。“蒹葭苍苍，白露为霜”的心动；“死生契阔，与子成说”的相许；“君生我未生，我生君已老”的遗恨；“盈盈一水间，脉脉不得语”的无言……然而，哪怕是相隔百年光阴，越过浩瀚的星辰大海，割裂天上人间的生与死，也依然浴火挚爱，此情绵绵无绝期。

一场戏结束，走出剧院，同事不由自主地哼起了“梁祝”的旋律，而我的记忆也始终停留在剧院里经久不息的掌声中，停留在舞台上那个一袭白衣、玉树临风的梁公子身上。难忘的是戏曲中优美的唱词、动听的唱腔、耐看的程式。在如今这样的大环境下，这些站在舞台上为古老而又美好的传统坚守的戏曲演员们，更是让人感动。或许，单单是这份热爱和坚守，就足以赢得观众的掌声；单单是这份美好和感动，就足以让我们珍惜能够看戏的日子。

当文学遇见音乐

当语文遇见民谣，当文学撞见音乐，叫人联想起央视《朗读者》节目中，王佩瑜先生用一口京腔吟诵出的“大江东去，浪淘尽、千古风流人物”，眉眼间气宇轩昂，风华绝代。舞台上的王佩瑜一身灰白长袍，干净利落的短发自成风流傲骨，即兴处，手势起；谈笑间，樯橹灰飞烟灭。舞台不再是舞台，成了梨园；先生不再是先生，成了子瞻。苏轼的江山风月正是在这种抑扬顿挫、京味十足的念白中如同一幅长轴画卷，徐徐铺展开来。

这是一种怎样的碰撞撞出了火花？又是一种怎样的随意站成了风骨？当文学艺术用不同的形式去演绎，其中生发的微妙，足以使山林天地所感应、所震撼。

第四届南方阅读论坛举办之际，有幸在苏州大学实验学校看了一场民谣表演，弹唱者已然过了不惑之年。舞台上的他全程坐着用一把吉他安静地唱，我们便在台下安静地听。没有 rock 的震撼，也没有流行乐的华丽，那声音里的沧桑却如一股细流汩汩地抵入人心，直达灵魂的深处。一把吉他，演绎了海子的《面朝大海，春暖花开》：

> 从明天起，做一个幸福的人
> 喂马，劈柴，周游世界
> 从明天起，关心粮食和蔬菜
> 我有一所房子，面朝大海，春暖花开
> 从明天起，和每一个亲人通信

告诉他们我的幸福
那幸福的闪电告诉我的
我将告诉每一个人
给每一条河每一座山取一个温暖的名字
陌生人，我也为你祝福
愿你有一个灿烂的前程
愿你有情人终成眷属
愿你在尘世获得幸福
我只愿面朝大海，春暖花开

音乐与诗歌的交融，仿佛就在刹那间让人寻获了海子那颗纯粹的心，美好、温柔、悲伤和向往，诗的每一句都美丽得可以在脑海里回荡一整天。弹唱者并不是某个知名的音乐大咖，他只是万千热爱音乐人中的一员。这让我想起了北京西单地铁出站口常年“驻扎”的卖唱歌手，同样只是一把吉他、一把凳子，能够唱上一整天。他们一边在街头卖唱谋生，一边追逐音乐的梦想，生活得十分潇洒。辛酸是隐藏起来的，没有收入时的迷茫，高房租带来的压力，熬夜工作的疲劳……这一切都是他们生活的真实写照，只是音乐带给他们的力量足够支撑着他们轰轰烈烈地去执着，在音乐和歌词里沉醉自己，感动了自己。

这是一个快节奏的时代，语言逐渐苍白，奔波在市井巷陌，攘攘冠盖之间豪放和婉约都成了一种记忆。现实总是冷不丁就残酷地埋葬了人的梦想，而文学艺术是人永远不可失去的精神家园，无论多少叹惋惆怅和枉结愁肠，坚守精神的高墙才能抵过沉沉雾霭中的疾风。把浮名换作浅吟低唱，才有古琴悠扬的《春江花月夜》，才有京韵十足的《赤壁怀古》，才有气韵深沉的“红藕香残玉簟秋”……

二十二

从三十二，到二十二，到八，这不是单纯递减的数字，而是一个又一个沉重的生命。

因为路上堵车，到达目的地时电影已经开始了。偌大的放映厅内，前来观看这部片子的人寥寥无几，连同我和顾希一起，不超过二十人。

整部片子没有呼天抢地的悲怆，没有泪如雨下的哭泣，只有平淡的叙述、真实的呈现，一切都很朴素，在镜头里的二十二个老人生活得很平静，似乎与一般人并没有什么差别，只是她们老了，老得颤颤巍巍，老得瘦骨嶙峋，老得孤独落寞。镜头无声息地定格在她们的眼睛上，从里面读出那些隐而不宣的故事。有一位阿婆说："这世界真好，吃野东西都要留出这条命来看。"还有一位阿婆说："他们（日军）就把我的妈妈绑起来扔到了那条河里。"有一位阿婆说着说着，就打开了眼泪的盒子，再也忍不住地哭了起来，她抽泣着对镜头重复："不说了，不说了……"

导演没有刻意去安排什么，没有制造起伏的情节，没有戏剧的高潮。可在我们的放映厅内，所有人都出奇一致地保持着沉重的宁静，没有一个人说话，没有一个人玩手机，只听到隔座隐隐约约的抽泣声，听到抽纸巾的声音……

苦难越是深重，她们表面上越是显得平淡。其中一位阿婆的儿媳说："我婆婆人很好，她受的苦难我们想象不到。现在看着她很幸福，我们也就开心了。"纪录片开始于一场葬礼，结束的时候也是一场葬礼。很多地方让人哽咽，又让人感到说不出的悲伤。

影片中的老人一个个相继离世，截至电影放映，这二十二位老人已经只剩下八位了，可历史却不应该被这样埋葬。她们咽下了很多苦难，这些苦难并不仅仅是为了让人来同情，来铭记，更是竭尽所能让人记录下这段历史，让更多人看到、凝视，并给予老人们应有的理解和尊重。

就像导演说的“她们不是你用来感动的工具，会感动的人自然被感动”。相比那些只求谋利的商业片，此类影片才更有价值。看完后才发现，如今我们个人的苦难是那么微不足道，在那些历经劫难的老人面前，谁还敢谈什么忧愁？

影片结束了，放映厅内的大灯亮起，所有人都没有起身。我们一个都没有走，大家静静地坐在自己的位子上，看着前面大屏幕上的演职人员名单，直到屏幕暗下去。

每个人心中都有柔软的地方，我们应该用这一点点的柔软慈悲地对待活着，对待她们，因为不久之后，二十二终究会归于零。

惟有王城最堪隐

徐则臣的《王城如海》，取名于苏东坡的诗作："惟有王城最堪隐，万里如海一身藏。"

题目是一副漂亮的对联，抱着对他之前作品《耶路撒冷》的期待，一口气读完，却发现这副对联与屋内的简陋并不相配。

小说的主人公余松坡是一位海外归来的先锋戏剧导演，他带着妻儿与自己隐秘的过往来到北京。文艺高级知识分子兼"海归"的先锋戏剧导演余松坡新导话剧《城市启示录》，剧中人物对蚁族的议论冒犯了年轻人，一个文化事件出乎意料演变为一起社会事件，余松坡成为舆论的焦点。某日，他在天桥上遭遇因他告发而入狱十五年的堂兄。在遮天蔽日的雾霾中，神志不清的堂兄一副流浪汉的模样，出售新鲜空气和驱霾神器，余松坡的梦游症因此频繁发作。余家保姆罗冬雨必须及时启动留声机播放黑胶唱片中的《二泉映月》，才能阻止他的狂暴。某日疏漏，书房变成废墟，保姆的弟弟罗龙河在帮姐姐整理时，发现了多年前余松坡被误诊为肺癌时写下的遗书，由此窥见隐秘的真相。他将流浪汉带来余家，试图制造二人对峙，但女主人祁好提前归来，倒在血泊中。

书中几乎涵盖了当下北京所有的热点话题：雾霾、北漂、蚁族、城市病……底层的小人物永远是书中的主角。然而小说中的余松坡却并没有鲜明的性格特征，读者读完小说似乎还理不出一个头绪。人物没有对立，故事便只成了单纯的叙述和颇为直白的情节。

是的，作者或许只是想表现一种现状，这部小说是一部活生生写实的作品。一个真实的北京，不管它如何繁华富丽，路有多宽，楼有多高，地铁有多快，交通有多堵，奢侈品名品店有多密集，有钱人生活有多风光，这些都只是浮华的那一部分，还有一个更深广的、沉默地运行着的部分，那才是这个城市的基座。一个乡土的基座。

在这个基座里，有追逐梦想的年轻人，有拼命赚钱的北漂者，有追求精神寄托、寻求价值感的高薪阶层……有千千万万个你，也有千千万万个我，他们都在为生活而奔忙，然而他们的周围正如北京的现状一样，十面霾伏。

如何才能寻求这种突破？似乎永远都找不到一个明确的答案，就如余松坡只能靠着《二泉映月》来安抚自己内心深处的不安和罪恶一样。欲望无处可藏，每个人的内心深处都有压抑、痛苦、焦虑和无法言说的秘密。有着一颗不堪重负的心，他们还是要一如既往地耗下去，无论有意义与否，无论看得到希望与否，只有在这个异域他乡的城市，他们才可抓住一丝渺茫的希望，摆脱那物质与精神都极度贫困的故乡。

徐则臣在后记中阐释道："在这个城市，你的孤独无人响应；当你以为你只是你时，所有人出现在你的生活里：所有人都是你，你也是所有人。"

如果说小说的语言和叙事只能打六十分的话，那么他所想表达的东西我想给八十分。

因为你深思，才会明白，这，便是世相。

师者说

——苏州的文学记忆

初识一位作家往往都是从他的文字开始，见字如面，习惯了在书中与其相识交流，到了眼前反而是生疏的。一见面惊艳的也有，这类往往都是女作家。大概是因为女性天生所具有的不同特质，隔着书本就能叫人感受到她们身上散发的魅力。不用去刻意地辨认，女作家一站在人群中，即使未曾谋面，也能让人一眼就认出来，这凭的是直觉。“气质”这个词从来用不到男性的身上，形容男性的叫气场。

听一个作家用语言来剖析自己是很有趣的。今天，被法兰西文化部授予法兰西文学艺术骑士勋章的毕飞宇再访姑苏，他直言，对姑苏的印象是：诗词，遥远，客人。

整场讲座持续了两个小时，他对自己的作品谈得很少，反而是大谈苏州的人文，谈陆文夫先生，谈一个作家对写作和阅读的认识。听完后，我的感受也是有三：很坦诚，接地气，有智慧。

如果说听有些作家的讲座会觉得他们口头反应不如笔头灵敏，那么毕飞宇则是口头表达要比笔头更精准，他的反应很快，幽默中透着狡黠的机智。

毕飞宇给写作者打了一个比喻：写诗的是贵族，写散文的是小康之家，写小说的是蒙着眼睛拉磨的驴。无论哪种形式，不能避开的是“虚构”这个问题。作家往往相信虚构世界的真实性，也正是因为这种坚信不疑，所以才能在作品中揭露一个时代的特征。

在交流期间，王尧曾提及希望未来能有机会看到毕飞宇写一部关于苏州的作品。出人意料，毕飞宇坦诚地说：“这个我做不到。”

坦诚得令人佩服：任何一个写作者都不能离开自己生活的环境，只有写自己最熟悉的，才是最有把握的。

或许我们这个时代，还会写故事的人不多了，毕竟物质生活富裕了，精神生活便开始贫乏。我们都明白阅读是一件好事情，却没有那个能力和资格去说服任何一个不阅读的人去读书，但是当我们这个时代过去了，还会有一个读书时代的到来。当一百年、两百年乃至三百年后，我们早已被人遗忘，留下的还有我们的文字。所以，能写是好事。

那句话总是不错的：“为天地立心，为生民立命，为往圣继绝学，为万世开太平。”

文学的无用之用，却是实实在在的大用。

一乡，一城，一山

随着沈从文走进这个美丽的小山城，依山傍水，从这里的天然中去感受心灵的纯净，伴随着那个美丽而忧伤的故事，让人再也无法忘却的是茶峒里人质朴的风情。也许，那是一条亘古的定理，万事万物背后都必然隐藏着难以搁浅又无法避免的悲凉和缺陷。在翠翠以为即将尝到人生的甜蜜之时，天保死了，傩送走了，还有那个深爱着她的祖父也走了。这个美丽的小山城，最终只留下了翠翠一个人……

初识翠翠，是在湘西，那一对清亮如水晶的眸子，黝黑的皮肤，自然孕育的灵性，无不诉说着这个女孩儿的天真与善良。翠翠在唯一一个亲人的拉扯下迅速成长。转眼十三岁，如她的名字一样，清秀脱俗，一切都纯朴得刚刚好。

翠翠和祖父住在城口，给进城的人摆渡是他们唯一的工作。陪伴着他们的还有那条忠诚的黄狗。逢年过节，翠翠和黄狗进城置办东西，那些杂货店、那些河边的行船以及城里的所有，对翠翠来说是多么的新奇啊。翠翠的心里是羡慕的，而陪着爷爷在湘西摆渡，也似乎已经成为翠翠的一种习惯。翠翠喜欢听祖父在船开动时说城中多年以前的战争故事，翠翠喜欢在溪中间和着祖父的竹管声唱歌，然后，任那声音随着清澈的溪水声一起激荡……

祖父是一个质朴憨厚的老人，这里的山水孕育了他们，让他们的生活在平淡中有了一份真正的宁静。他为人家摆渡却从来不要一分钱，无论晴雨，必守在船头。祖父是疼爱翠翠的，他为翠翠担心，但是从来没有把烦恼告诉过翠翠。

转眼间翠翠已经长大成人，到了出嫁的年龄。上天让翠翠的生命里出现了两个深爱她的人：天保和傩送。是的，翠翠还是羞涩的，含苞待放的年龄，羞于表达自己的爱。了解翠翠的也只有祖父，当翠翠终于做了决定，快尝到作为人妇的喜悦之时，这段恋情却也随着翠翠从此逝去的快乐戛然而止。向翠翠提亲的大老下船出事了，此后，翠翠的生活骤然改变。

我不敢想象，当二老离开了，祖父也在那个风雨交加的夜晚永远离去了之后，翠翠是如何生活的。我想，祖父是走得不安心的，他终究没有给翠翠找到一个让他可以放心的归宿。而也许，翠翠的快乐从此不会再回来了。

心情微恙，没有结局的故事就这样收尾了，飞檐翘角的吊脚楼依旧沉寂，素朴的沱江依旧静静流淌，只是摆渡的小哥哥再也不是翠翠喜欢的傩送。于是，替翠翠恨过傩送的离去，恨过祖父的拖沓，甚至恨过翠翠自己的含蓄羞赧，可随着湘西的水自顾自缓缓地流淌，流淌着渐渐洗去笼在心头的无数尘埃，方才明白那个时代的局限，才明白了傩送于爱情和亲情间进退的煎熬，明白了祖父的不舍和孤寂，明白了翠翠的深情和忧伤。

人生的悲欢离合与至善至美莫过于此。清秀中的富饶，朴素中的魅力，湘西的山水与民风，终究像一股清风吹进了人的骨子里，那一种甜美，淡若微风却又夹杂着些许牵扯不断的苦涩，使人沉醉而流连忘返。一乡，一城，一山，依山傍水娇滴滴的绿，风吹过哗哗的声响，轻轻叩响沉睡已久的青石板，难以释怀，就这样，喜欢上了湘西。

一阙元夕

站在时光与历史的绵亘处，望见汴梁城内的宝马雕车、玉壶光转。这一夜，是农历的正月十五，元宵节。

古时的元宵节是一年中唯一不宵禁的日子，可以彻夜狂欢，可以火树银花。年轻的女孩子平常不能轻易外出，在元宵节却可结伴赏花灯，这恰是有情人相会的好时机，因此那些充满风情的故事也就多了起来。望千门的灯火，听一曲笙歌。月上柳梢头，人约黄昏后。热闹与浪漫处，连诗人的笔触也变得纤细柔和起来了。

今人不见古时月，今月却照古人面。月光流转，可以叫人确信的是，没有现代霓虹的东京汴梁真的很美，十里桃花，万家灯火。街边的胡同里演绎着一段段柔情似水的传说，车马川流间穿梭着记忆中的温馨祥和、诗情画意。月下幽思，看各色灯笼整夜灯火通明，于熟悉和陌生中擦肩而过，只惊鸿一瞥，邂逅的便是“眉目自成诗三百，鬓如春风裁”。

然而，身处南宋这个时代，有人一眼秋水微澜，亦有人在灯火处泪水盈盈。于是，那首《青玉案·元夕》就出来了：

东风夜放花千树。更吹落、星如雨。宝马雕车香满路。凤箫声动，玉壶光转，一夜鱼龙舞。

蛾儿雪柳黄金缕。笑语盈盈暗香去。众里寻他千百度。蓦然回首，那人却在，灯火阑珊处。

蓦然回首，当东风吹散千树繁花、烟火纷纷之时，当满城的凤箫声动、鱼龙飞舞之时，当所有人都沉浸在节日的欢乐中载歌载舞之时，只有辛弃疾“自怜幽独，伤心人别有怀抱”，是啊，他的心境怎能与她们相同？

他是一名生于乱世、慷慨悲歌的英雄。在二十多岁时便被盛誉“壮丁英慨，儒士为之兴起”，连圣天子一见也要三叹息。他一心抗金，满腔热血，骨子里尽是“铁马金戈，气吞万里如虎”的豪情，无奈国将不国，仕将不仕。奸佞当朝、小人求和，现实的窘迫使他屡屡受挫，期望与绝望反复交织，终究是壮志未酬，可怜白发生。

如此，眼前这“一夜鱼龙舞”的喧哗又何尝与这个伤心人相关呢？人们在笙歌燕舞中感受着节日的繁华，却不承想繁华终究落幕，背后恰是薄凉的世态。众里寻他千百度，梦中呼喊着千方百计想要找寻的人，只在灯火阑珊处有一次回眸，便已经让人满足，而这样低到尘埃里的满足，对于辛弃疾来说，可能已是意味着奢求了。

寻寻觅觅，冷冷清清。在灯火处站了一辈子的辛弃疾，最后也没能实现自己的满腔抱负。可是烈士暮年，壮心不已，即使在梦里，他也要以羊毫作长戟，指战沙场，浴血抗敌。等到梦醒来，历史给我们留下了一位诗人，也是一位苍苍白发的老人。他只是泪眼婆娑，望玉壶光转，念及自己执着了半辈子的万里山河，一声叹息。

终了，时光话别了历史的沧桑，千百年后的月亮还是汴梁城的那一轮月亮。一年元宵又将至，再读《青玉案·元夕》，不自觉地就让人孤独地怀念起这位诗人来。看苏城花灯灿烂，街头人潮涌动，我们的中国，恰是他梦中的盛世。

歌尽桃花扇底风

“秦淮无语送斜阳，家家临水映红妆，春风不知人事改，依旧吹歌绕画舫，谁来叹兴亡。”耳熟能详的辞藻，到如今依然口口相传。太多的文人骚客为这座满是盛衰兴亡的历史名城作词，淹没在不尽的凄凉之中，多少事终究成了北往之雁。

一直说是金陵的水过于大气了，以至于一条秦淮河就承载了太多太多的辛酸故事。多少人因为那一把桃花扇便从此执迷不已，于是，他们不远万里为了一个李香君而来。不知情的尚且疑惑这到底是怎样一个传奇的女子，她竟有这样的魅力得到后来人如此多的倾慕与艳羡，大抵是同她名字一样的清秀俊逸吧！可来这儿的人几乎都会哼唱那么几句“青楼名花恨偏长，感时忧国欲断肠”“点点碧血洒白扇，芳心一片徒悲壮……”，自此，不解与疑惑早已团团解开，于是桃花扇传开了，李香君传开了。

盛盛衰衰、起起落落，这就是中国的历史。“古今将相在何方，荒冢一草没了”的必然以及“旧时王谢堂前燕，飞入寻常百姓家”的悲凉，总是逃脱不过一个“散”字。而站得最高的人未必看得最远，帝王不知“以史为鉴”的道理，浑浑噩噩不管风雨江山，偏偏是在底层的小人物认得最清，甚至大有“忧国忧民”之胸怀存在，真真是“君王的笑柄，国人的眼泪”。

在那样一个飘摇动荡的年代，世事倾颓，生死由命，不过凭各人的造化或寻一条出路或随时局而去。何况处于这样一种身份地位的李香君，她怎能不恨呢？“门前冷落车马稀”“商女不知亡国恨”，句句唱的是眼前景、心中情。她苦候朝宗还未等其归来，却被一心准备报复他俩的政治黑影阮大铖逼迫给漕抚田仰做妾。香君不从，当着抢婚人以头撞地，斑斑血迹染红了白扇……

在即将覆灭的国家面前，李香君与侯朝宗的爱情自然是不会如意的。当朝的统治者依然过着醉生梦死的日子，“红锦地衣随步皱，佳人舞点金钗溜”，李香君终究被迫沦为宫中歌妓，而此时侯朝宗也已被捕入狱。本是一对双飞燕，只因不屈的气节而却奁，得罪了奸佞小人最终落得各自出家的结局。面对这陷入政治斗争的爱情，面对这断壁残垣，面对这无限相思两行泪度过的日子，哪里还会奢望旧梦重圆？

血染白扇成桃花，斑斑点点尽含悲。读了李香君的人，谁也不曾想过这个女子竟会有如此勇气做出如此壮举，那一撞，撞痛了多少旁观者的心！再美好的梦想终是幻灭了，可不是嘛，在那样的末世，笙歌靡丽之中纵有遗臣独坐，酒阑之后也得唏嘘而散，何况一个青楼女子的梦想。

李香君是怨的，怨的是这样一个风雨不定、变幻莫测的世道；李香君是恨的，恨的是这些个阮大铖之流的奸佞小人祸国殃民；李香君又是无奈的，无可奈何身为名妓，遇得一个有情有义的侯朝宗，最后却不得不选择永伴青灯与古佛。满腹惆怅、无限哀思只能寄寓这一把鲜红的桃花扇，只有它，作了这段悲史的见证。

春梦随云散，可秦淮河的流水至今仍向后来者匆匆耳语着这段遥远的故事，秦淮河的岸边也依然是笙歌鹊起。只一曲琵琶，两行清泪，歌不尽是《桃花扇》。

文明的韧性

五千年的诗性和文明在大浪淘沙之中流传下来，成为整个国家和民族的文学记忆，那些灿若星河的艺术瑰宝，即使在多少年之后依然璀璨辉煌。中国的文学留给我们的是从“关关雎鸠，在河之洲”的远唱到“路漫漫其修远兮”的探索。从《诗经》到唐诗、宋词、元曲，再到明清小说，文学既诞生于苦难，又承载于苦难。千百年来，各种艺术的文明都在启迪着我们如何蔚然于生活的各种不顺和境遇。《文心雕龙》中说：心生而言立，言立而文明。古人以自我的内心去体味契合天地之道。当情感的迸发到了冲出自我桎梏的顶峰，便积攒成了泱泱华夏的中国文化与艺术文明。

然而，一切成长都并不是理想中的一帆风顺，在螺旋式上升的过程中，历史与现实的制衡，使得所有经不住考验的文明都消失殆尽。那些在千百年后流传下来的文明，必定经过了无数次的蓄势、升腾和试翼，那是一种坚如磐石的力量，是柔如清水的韧性。

1937年卢沟桥事变后，清华、北大、南开迁往昆明，成立了西南联合大学。这才有了梅贻琦之担，蒋梦麟之退，张伯苓之让。在国家危难之际，他们齐心协力，以己之身为国家奔走，显示的是一代大家的风骨。弦歌不辍的八年，梅贻琦始终坚持着自己的教育理念：“所谓大学者，非谓有大楼之谓也，有大师之谓也。”当年最穷的大学，却是真正的大学，它培育出来的一代又一代学子，是自由而独立的，是热血澎湃的，他们让中华的文脉不断，让西南联大的精神永存。这，便是文明的韧性。

三百多年前，曹雪芹创作《红楼梦》未完离世，留下无数未解之谜，成为中国文学史的一大憾事。清代章学诚在《知难》中说：“《红楼梦》，知其名者，天下比比矣；知其言者，千不得焉；知其所以言者，百不得一焉。”可是，随后便涌现出了一批又一批研究红学的专家学者，他们以极大的热情投入对这部古典名著的考究之中。前有高鹗、程伟元等人笔补造化，续写《红楼》致敬曹公；后有蔡元培、胡适等索隐考证派竞相争鸣。周汝昌先生一生写下七十多部红学著作，九十岁高龄仍在央视点评四大名著，直至临终仍在病床前口述文字，让自己的女儿整理出他最后对红学事业做出的一点点贡献。“借玉通灵存翰墨，为芹辛苦见平生”，先生将自己的一生献给了《红楼梦》，也献给了中国古典文学。一部作品，千年的往事，痴迷了无数的骚人墨客，哪怕“为伊消得人憔悴”，依旧有无数解读并研究《红楼梦》的人前赴后继，从而形成如今红学界蔚为壮观的景象。《红楼梦》即使断篇，亦能够流芳百世，就像断臂的维纳斯，即使残缺，依旧是不可复制的艺术珍品。这，便是文明的韧性。

三毛说：“生命的韧性是惊人的。”我想，文学亦有生命，而文学生命的韧性恰恰在于它传承了一代代的人文精神乃至于风骨。在风雨激荡中，那些留下来的文化里，始终都有着艺术的正义与韧性的坚持。

一场寂寞凭谁诉

他的辞章风流隽逸，将一笔一笔的幽怨往事依依浸染在自己放荡无涯的一生之中。他是白衣卿相，自命不凡，却常常醉酒于舞榭歌台，终身潦倒。倚红偎翠流连市井的都市生活成了他科场失意的寄托，本就是风雨天涯的断肠之人，怎奈一首《鹤冲天》触怒龙颜，宋仁宗朱笔一批：“且去浅斟低唱，何要浮名？”于是，咽下两行伤心之泪，他只能从此自嘲一声：奉旨填词柳三变。

柳永的一生郁郁不得志，作为一个士人，他空有满心的抱负和理想，却始终无法走进政治权力的中心。接连两次应试落榜，使他在沮丧悲愤之下率性拟就一首《鹤冲天》：

> 黄金榜上。偶失龙头望。明代暂遗贤，如何向。未遂风云便，争不恣狂荡。何须论得丧。才子词人，自是白衣卿相。
>
> 烟花巷陌，依约丹青屏障。幸有意中人，堪寻访。且恁偎红倚翠，风流事、平生畅。青春都一饷。忍把浮名，换了浅斟低唱。

可是柳永没想到，正是这首被传诵一时的《鹤冲天》坏了大事，没多久这首诗便到了宋仁宗的手里。坐在金殿之上的仁宗见了此词眉头一紧，沉吟许久而不得滋味。柳永的真实率性触到了仁宗的痛处，于是，皇帝的御笔一封：你且填词去吧！哪怕等到三年之后，柳永再次进京赴试，历经层层选拔，直到最后皇帝朱笔一圈即可放榜时，仁宗一见是柳永的名字，便毫不留情地抹去了。

有心入仕而报国无门，满腹才华已断送三千功名。布衣的柳永走投无路，只能流连并宿醉在烟柳繁华之乡。正是国家不幸诗家幸，科场失意情场得意。仕途上惨烈的失败却无心地成就了他另一番出路，他词中喷薄而出的情绪，他以心换心的真情流露，他对广大舞女歌姬深切的同情，使他在烟花巷陌、街头市井名声大噪。教坊乐工每得新腔，必求柳永为词。于是，他的词名传一时，不久便在百姓之中受欢迎到“凡有井水处，皆能歌柳词”的地步。

熏熏酒，恋恋意，醒来还醉。江南的富庶和温柔给了柳永一枕安慰，于是他不惜笔墨，豪爽地为她们谱下一首又一首绮丽潋滟之词。虽也饱受着轻视和排斥，可较之于同时代风雨飘摇之中纸醉金迷、醉生梦死的那些权贵来说，他却用最俚俗的语言写遍了市井的真实生活。他为所有那些与他倾心的歌姬写词，他的词里没有滥觞，有的只是对那些迫切渴望从良的歌妓们的同情；他的词里没有淫靡，有的只是对那些红尘之中伤痕累累、辛酸觅生活的歌妓们的怜爱和尊重。而那些生活在底层的不幸之人，又何尝不是他的知音呢？彩线慵拈伴伊坐，她们最能懂他浅笑低唱之后的孤独、迷惘、彷徨和凄凉。

残羹冷炙，倾杯热酒。那些寂寥的时刻对于柳永来说未尝不是一种苦痛的折磨，此番境遇，又拿什么来宽慰一个失意之人心头的萧条离索？人生苦短，不如及时行乐吧。于是，积攒了半生的愁绪化作一个词人满腔的柔情，在六朝古都中和着幽婉哀怨的笙箫尽情地释放。

秦淮河上，烟波画舫。

能让柳永写出《雨霖铃》这样句句是情中之情、肺腑之情的词作的，必定是烟雨楼中有着雪肤玉骨、不可多得的佳人。

是的，她叫谢玉英。柳永众多红颜知己中堪称最为痴情者。愁是离人心上秋，当年离开汴京之时，往日的情深义重尽化作了此时的相顾无言，唯有泪千行。于是《雨霖铃》来了：

> 寒蝉凄切，对长亭晚，骤雨初歇。都门帐饮无绪，留恋处兰舟催发。执手相看泪眼，竟无语凝噎。念去去千里烟波，暮霭沉沉楚天阔。
>
> 多情自古伤离别，更哪堪，冷落清秋节！今宵酒醒何处？杨柳岸，晓风残月。此去经年，应是良辰好景虚设。便纵有千种风情，更与何人说！

谢玉英紧握着柳永的手，难舍难分。看着柳永举杯而尽时的凄惨一笑，再读到此词，谢玉英的心更碎了。他的心事，只有她们懂。万种风情，除了当事人能够痛心体会，谁还能够与之分忧呢？这种“上穷碧落下黄泉”的真情，确确实实只属于柳永和他的红颜知己们。

柳永的一生是矛盾的，矛盾在读书人和填词人的深沉和肤浅、执着和懒散、恶俗与绚烂之中。蜗角名利，身在江湖却心有不甘；漂泊无依，跌宕起伏，最终狼狈离去。

令人心痛的是，这样一个满身才华的词人晚年潦倒之时的一贫如洗，连死后的安葬钱都是谢玉英等人为他凑的。柳永出殡时半城缟素，一片哀声，谁都不会想到这样的阵势中有一大半竟都是东京的名妓。历史上从没提及过柳永的原配妻子，可是谁都无法忘记与柳永一生紧紧交缠在一起的红颜已知谢玉英。当柳永入葬，谢玉英为他竖好墓碑之后深深叩拜了一下，紧随一声凄切的：“哥哥，小妹随你来了！”便触碑而亡。

一场寂寞凭谁诉，算前言，总轻负。

第四辑

纵寒已是春寒了

梅花魂

能饮一杯无

春来草自青

旅途依旧

浮生只合樽前老

梅花魂

每年春天的时候，都想着去香雪海看梅花。

早春的梅林还未至盛花期，但气势已现，已有星星点点的梅花吐露枝头了。走在弯弯曲曲的梅林小道，总觉得春天还很远，但其实我知道，春天已经来了。因为身体是最先感知到的：首先是嗅觉，梅花虽少，却散发着隐约可闻的香气。接着便是触觉，迎面而来的风不知从什么时候起，也不寒了。

梅花迎寒而开，红的娇艳欲滴，白的优雅可人。一树树、一片片的梅花盛开在天地间，陡增一股傲然之气，旖旎无限。看梅花总是让我想起一个人，属于他的年代距离现在已过去八百多年了。然而，时空再遥远、再深邃，也始终无法让人忘记那个"当年走马锦城西，曾为梅花醉似泥"的老叟——陆放翁。

正如诗中所述，初春的一天，陆游扶醉策马，从青羊宫到浣花溪，梅花冷香沁人，令他醉似泥。陆游看到的是成都的梅花，那些红梅在浣花溪旁自由地绽放，像极了唐宋文人的傲骨风姿。陆游酷爱梅花，梅花象征高雅、坚强、谦虚的品质，又给人以积极向上、奋发图强的精神力量——在严寒之中，梅花开在了百花之先，是一种精神、一种气质。陆游的人生经历、个性特征与梅花的生存之道有着异曲同工之妙。他在《雪后煎茶》中有言："雪液清甘涨井泉，自携茶灶就烹煎。一毫无复关心事，不枉人间住百年。"等我以后有了小院儿，一定栽蜡梅，气味沁人心脾，无花可出其右者。梅花一直是陆游的精神伴侣，在《卜算子·咏梅》中，他借梅抒怀："无意苦争春，一任群芳妒。零落成泥碾作尘，只有香如故。”梅花凋谢飘零后，被车马碾作尘土，悲凉孤苦至极，但也同时表明了陆游自己的心志：他和梅花一样，始终坚贞，始终高洁。

千百年过去了，在时光的浸润下，梅花已成为某种象征。无论是在成都，还是在江南，只要是唐宋诗文浸润过的地方，便有了诗魂，有了风味。可以想见，浣花溪畔的故事，会继续重新编织，读诗的我们也还会吟诵着“江南无所有，聊赠一枝春”的雅调。诗里的人染了梅花的魂，后世的人成了读诗的人。可惜在这快节奏的时代，很难再有那么纯粹的诗情与诗人了。

能饮一杯无

己亥年第一场春雪，让苏州在一夜之间变成了姑苏。

我拉开窗帘的时候，雪已渐停。没有见到“未若柳絮因风起”的景象，却在这厚厚的积雪中想象了那一夜漫天飞舞、纷纷扬扬的壮阔。朋友圈里被这一场突如其来的春雪刷屏，南方少雪，所以一旦落起来就免不了让南方人兴奋了。大雪落在江南的青砖黛瓦上，雪白的线条勾勒出它银装素裹的样子，如生命般清澈。大雪落在窗台，诉说时光的寂寂、岁序的井然，那些遗落在风里的旧篇章：喜怒哀乐、酸甜苦辣，也终究被岁月慈悲的手，温柔地一一抚平。

最应景的是在大雪天读《红楼》。想象着宝黛在芦雪庵争联即景诗的情景，着实地怀念那个在天寒地冻的琉璃世界中摘梅花、烤鹿肉的脂粉娇娃。黛玉说：“今日芦雪庵遭劫，生生被云丫头作践了，我为芦雪庵一大哭！”湘云依旧针锋相对：“你知道什么！是真名士自风流，你们都是假清高，最可厌的！我们这会子腥膻大吃大嚼，回来却是锦心绣口！”是啊，围炉吃酒，酒后必有诗，真名士的风流自然不必拘于各种规矩。大观园中姑娘们生命的热情也恰恰是在这风流之中，愈清冷愈热烈。我身在姑苏之北，心境却更加遥远。看书中湘云红袍披身，与宝玉去妙玉处踏雪寻梅。最是羡慕湘云，有少年的模样。

总是觉得“一夜北风紧，开门雪尚飘”的温柔只有发生在南方，才有它的味道。良田美竹之属，鸡犬相闻之声，人却不必老死不相往来。偶尔下雪之时，用很厚的门帘挡风，绿蚁新醅酒，红泥小火炉，连我这个不懂风情的现代人都无比向往。如今的我们不用再学古人围炉夜话了。围炉有火锅，举杯便是酒，开怀畅饮自是不在话下，却似乎少了许多的诗意和情怀。于是，存在于我记忆里的乡愁便成了上小学时看到大雪纷飞时的哇哇大叫，成了父亲一早用铲子铲出的长长路径，成了过年时穿着新衣服、新鞋子在雪地里连滚带爬的兴奋，成了小时候堆出的小小雪人在记忆中对着我微笑，成了雪藏在我整个童年中关于雪的记忆。

江南的春雪，太过稀罕，太过细腻，也太过深情。读白居易在《问刘十九》中写到的“晚来天欲雪，能饮一杯无”，起初只是叫人向往诗人与友人在屋内热气腾腾的炉火前对酌共饮的温馨场景，后来才发现，最打动人的却是诗的最后一句：能饮一杯无？没有强求，只是带着关切轻声地问一声：还能再喝一杯吗？

还能再喝一杯吗？我想，倘若此时湘云在这里，她一定会痛痛快快地告诉你：“咱们再喝一杯！”

春来草自青

宅家近两个月，等到再出门的时候，兀然发现春天已经不期而至。季节到了，草木焕发生机，周边的人也多了起来。《易经》里讲："损益盈虚，与时偕行。"不管季节怎样变化，万事万物都有自己的定律，冬日的阴霾终于一扫而光，春日正当时。

这个阶段可以说真正度过了一段"静止期"，闭门不出的日子，可以有大把的时间与古人对话。按下了生活的切换键之后，发现这些外界的声音与聒噪被我们关在门外的日子，也是如此的潇洒而富有深意，只是很多以前读过的诗句，再品起来就不一样了。我们熬过了"黑云压城城欲摧"的至暗时刻，终于迎来"云销雨霁，彩彻区明"的朗丽时空；历经了"山雨欲来风满楼"的压抑，所以更加珍惜如今"几处早莺争暖树"的美好光景。当阳光炽热地让人昏昏欲睡时，才惊觉："春天是真好呀！"

周末第一次出门，散步至漕湖湿地公园，满树的桃花迎着春日的阳光，已经欣欣然开放。抽芽的柳条在和煦的春风中肆意地摇曳，举目望去，阳光洒在漕湖泛起的点点波光，仿佛是生命在跳动。我们驻足湖边，风很大，却并不冷。《诗经》里"桃之夭夭，灼灼其华"的热烈与灿烂在这里是看得到的，在万丛的新绿之中，这些竞相开放的绚烂唤醒了整个寂寥的春天。

路的这边是桃红柳绿的烂漫，在路的另一边我们却撞见了一片枯黄的芦苇荡。风吹过，芦花在风中摇曳。有人走进芦苇荡取景拍照，人与芦苇和谐地融在了一起，在蓝天的映衬下，背后这片枯黄竟显得如此美丽而富有生机。相片定格的那一瞬间，自然美得不像话。

这些立在湿地边的芦苇令我有些感动。比起冬日的萧条与落寞，它们似乎更具春日的盎然。无论风霜雨露，青翠也好，枯黄也罢，都不妨碍它们自顾自地摇曳着、挺立着。这种昂首的姿态让人看到了一种难能可贵的自信，不以取悦别人为目的，分明是那“草木有本心，何求美人折”的姿态啊！

回去的时候，我想起了语文课本上的那句导语：“一花一鸟总关情”，这个沉闷了太久的春日，一草一木，都在春风的吹拂下律动着生命的光，脚下努力破土而出的小草也在奋力地彰显生命的顽强。四季轮回，生命给人的启示是要永远以阳光的姿态去迎接当下的每一刻，正如眼前的这片郁郁葱葱，该黄的黄，该绿的绿，该绚烂的会绚烂如斯。

不要急，春来草自青。

旅途依旧

曾经走过了千千万万遍的街道，早已听不见熟悉又沧桑的二胡声。初春天气回暖。头顶上的阳光大片地洒在石头上，用手摸去，分明感觉到它的坚硬并没有被一丝暖意所渗透。

多少年前，怀着还曾年轻的梦想要出去闯一闯。实际上，一个人终其一生所涉足的土地，也不过南方北方而已。不走路总是对不起那些清澈明净的土地，它们有着悠久的历史和灿烂的文化，它们孕育着一种属于本土的精魂，如若每次匆匆而过，仅以粗俗的视觉上的欣赏或寥寥几笔带过，未免太不虔诚。然光影之间许多激情渐渐褪去，慢慢习惯在疲于奔命的节奏中放慢脚步看山观水走路，在安然自适的年华里体味其中的沧桑和厚重，却也成了看似不可企及却又实实在在的事。

上高中的时候，常常走过黄埭南新街的小路口。每逢周末的午后，总是能有幸听到沧桑厚重的二胡声从这里的路口传出来。好多年后重新走一遍，还是会怀念起曾经断断续续的二胡声。这种声音向人娓娓道来的是生活的鸡零狗碎，是小人物的喜怒哀乐，是失意之人的无可奈何。它永远都是不紧不慢、不疾不徐。那样的调子越拉越显得沉重，于无形中一点一点地渗透着无法揣摩的凄凉。其实我从未见过那个拉二胡的人，一是因为每次都是不经意地路过，再则也没有想过真要寻个究竟，以至到如今还是“未见其人只闻其声”。可我却能肯定，拉出这样曲子的绝非一个年轻的小伙子，那婉转的调子里吟唱的沧桑，分明是“遗落人家多尘梦，化作灰土乱飘飞”。

步子到哪里，都会留下印记。《文化苦旅》中所叙的遥远的绝响、历史的暗角、霜冷的长河，这些都是印记。

坐在山顶做一个时间旅行者，安静地走在喧嚣和寂静之间。在苍茫雪山与婉约小镇中，寻找着有关困惑的答案。偶尔拾起一些细碎的故事碎片，哪怕毫不成章也没关系。因为走进无尽的世界之中，无论多么落寞，那些旅途中的身影，于我，总会过目不忘。

所以，愿你的旅途依旧，也愿你的世界温柔。

浮生只合樽前老

岁末将至，动身去了一趟北京，赶巧，遇上一场新雪。

北京的冷不像南方那样小家子气，它热便了热得阳刚，冷便冷得凛冽。正是这种凛冽的冷，使今年北京的雪来得尤其早，纷纷扬扬的雪花，一夜之间就白了整座城市。初雪后的北京美得叫人惊艳，我们在故宫徘徊许久，长长的深巷中白雪映着红墙，片片飘飞的雪花掠过我们的青丝，空气中弥漫着的是整个冬日最浪漫的气息。北京，一下雪，就成了北平。

近几年南方的雪事也渐渐多了起来。我最爱每一个下雪的日子，尤其是大雪纷飞的场景。虽至今未能亲见“北国风光，千里冰封，万里雪飘”的壮阔，但是，只要一下雪，平日里再朴素的生活都有了“围炉夜话，烹雪煮茶”的情调，生活的节奏也会渐渐慢下来。即使是在忙碌的工作中，偶或放下手中的笔，一抬头，窗外是漫天飘飞的雪花，窗内是学生埋头写作业认真专注的脸庞。冬日里的水蒸气碰到窗户上，瞬间氤氲出一朵灿烂的窗花，室内只留下他们的笔尖沙沙作响的声音。这份冬天的静谧、温馨与和谐，是其他任何一个季节都没有的。

北京的冬天有“一夜白头”的“紫禁城”，杭州的冬天有“断桥残雪”，而身处江南的冬天却似乎找不到具有典型意义的冬景。一旦下起雪来，目之所及，参差十里人家尽是粉墙黛瓦玉砌。屋檐上的冰凌和薄雪像极了苏州温软柔糯的性格，只要稍稍一碰，它就簌簌地掉了下来。有时候，江南的雪也总是下得不够干脆，本就湿冷的冬天，还常常夹带着缠绵的细雨，这未免有点令人扫兴。但是，郁达夫却尤爱江南的冬景，他说："江南河港交流，且又地濒大海，湖沼特多，故空气里时含水分；到得冬天，不时也会下着微雨，而这微雨寒村里的冬霖景象，又是一种说不出的悠闲境界。你试想想，秋收过后，河流边三五家人家会聚在一道的一个小村子里，门对长桥，窗临远阜，这中间又多是树枝槎丫的杂木树林；在这一幅冬日农村的图上，再洒上一层细得同粉也似的白雨，加上一层淡得几不成墨的背景，你说还够不够悠闲？若再要点景致进去，则门前可以泊一只乌篷小船，茅屋里可以添几个喧哗的酒客，天垂暮了，还可以加一味红黄，在茅屋窗中画上一圈暗示着灯光的月晕。这不是江南冬景的迷人又是什么？"

是啊，这不是江南冬景的迷人又是什么？由此，郁达夫又勾起了我们对唐朝某个诗人的回忆，他写的那一句"潇潇暮雨江上村"着实袒露了自己内心对江南冬景最温情的留恋，以至于他到了这里，对绿林豪杰都客气了。江南的冬天离不开诗，有雪无梅不精神，有雪无诗俗了人。上周的星期五，我走进教室，黑板上赫然写着一首诗：白居易的《问刘十九》："绿蚁新醅酒，红泥小火炉。晚来天欲雪，能饮一杯无？"我的内心一惊一喜。惊的是学生们每日所选取积累的古诗是他们自由挑选的，今日的这首古诗竟挑得这样应景，看来他们也是很钟爱这首诗呢。喜的自然不消多说：碰到自己喜爱的小诗，总是忍不住多看几眼，多念几遍，多怀想几分。

如今的我们已经越来越不能体会古人在冬日里呼朋唤友、围炉烤火、柴门饮酒的乐趣了。因为我们所居者不再是杜甫笔下"卷我屋上三重茅"的草屋，我们所忧者也不再是白居易诗中"可怜身上衣正单"的老翁。我们一边得到，也在一边失去。我问学生们："诗人在冬日里最爱的是与友人闲坐，赏一方雪景，灯火可亲，你们在冬日里最喜欢干什么呢？"学生们不好意思却又不无诚恳地告诉我："我们喜欢和小伙伴在沙发上看电视、喝奶茶……"底下爆发出一片笑声。

我不知道该怎样让学生们真切感受到初冬时节薄阴天气之下，江南冬日的那份闲适和恬淡，或许白居易的那一声试探性的询问，本身也是带着孤独和忧伤的。我想，冬天是最令人清醒的一个季节，岁末冬初、新旧交替间，我们总要带着绵长的温柔去回首自己一年的得失收获。下雪的时候天地间都是至静的，这就像人生一样，我们不断孜孜以求的，应该是至净、至境。

遐想之余，随手拍了几张北京的雪景：浮生只合樽前老，雪满长安道。

人生如海，久蚌成珠

旧时读词，遇蒋捷“醉归深院重歌舞，雕盘转、珍珠红小”一句，总觉得不甚可爱，想象着玉指一拨，竹山先生的那玉盘便悠悠地转了起来，红豆般的珠子从如雪的手掌中滑落，在青花瓷的盘片中轻轻弹起，发出“叮咚、叮咚”的清脆声响。许是因为自己身在这个以“养蚌育珠”而闻名的小镇之缘故，脑海中“大珠小珠落玉盘”的景象总不由得叫人感到亲切。祖父告诉我：每颗珍珠都是一粒沙子，但并不是每粒沙子都能称为珍珠。幼时不懂，长大了，方识其滋味。

平心而论，渭塘的名气并不算大，但“天下珍珠渭塘先”的名声却是传出去了。小镇水网交错，水质清澈，养蚌育珠是渭塘人的传统产业。于是就有人慕名而来，他们中的大多数，都是为了目睹一回“珍珠成长记”。

泛游湖中，江南采珠。这便是儿时最深的记忆。蓝印花布的味道非得在浅唱的流水、摇曳的桨橹中才出得来。水乡的汉子摇着渔船，不紧不慢地在珍珠湖如稠的湖面上划出一道道优美的波纹。这些采珠人里亦有我的祖父。年幼的我端坐在船头，随风送入耳中的是一声声吴侬软语，祖父那苍劲又布满老茧的大手紧紧地把着船桨，摇一次桨，便高声嘱咐我一声：“小囡，坐稳喽！”不久，被打捞上来的一只只河蚌便满满地躺在了船舱里。

采蚌，开蚌，清洗，制作。这便是一道完整的工序。开蚌取珠时，祖父会先戴上手套，接着用刀在蚌口轻轻地一划，蚌肉便出来了。麻利地撬开，一只河蚌里躺着的二三十颗珍珠便鲜活又真切地出现在人们眼前。祖父小心翼翼地将它们取出，然后放入装满清水的水桶里。

我于心不忍地问祖父："河蚌它疼吗？"祖父说："河蚌就像一位妈妈，它的使命就是孕育珍珠呀。它看到磨出的这一颗一颗珍珠，就不觉得疼了。"

祖父笑笑，我也笑笑。

小镇在二十年的变迁中日新月异，祖父老了，也不再摇船开蚌取珠，而长大后远离故乡的我，也少有机会坐在船头听采珠人纵声歌唱，但欣慰的却是渭塘小镇的珍珠产业，在这水乡的一角日渐繁荣。站在珍珠湖边，还能看着一只只鲜活的河蚌在经历沙河的洗礼后，吐出颗颗洁白圆润的珍珠，令人百感交集。珍珠及河海之灵秀和河蚌、海蚌受沙粒刺激和海水冲击天然形成的精华，一珠难求。异乡求学，每每遇到坎坷与挫折时，便想起了祖父的那句话。当旅途的风尘迷离了双眼，我知道总有一只河蚌小心呵护着我，直到我慢慢地将自己磨成那颗珍珠。以前我不喜欢河蚌，觉得它脏兮兮的。后来明白，河蚌吐出珍珠的那一刻定是疼的。生命总赠我们以磨难，于是，我也愿做一只河蚌，用毕生的精力把刺入体内的痛化成一颗珍珠。

豆腐年糕

作家汪曾祺曾经说："四方食事，不过一碗人间烟火。"令这个可爱的老头终生难忘的高邮鸭蛋，苏童笔下排队也难买到的猪头肉，毛姆《刀锋》中频繁出现的火腿煎蛋，戈尔丁先生《蝇王》中野蛮的烤猪肉……都让人魂牵梦绕。印象最深刻的是汪曾祺在《人间草木》中描述的家乡的种种美食，如黄油饼、萝卜、咸鸭蛋、豆腐等等。他写一碗咸菜汤，名为茨菰咸菜汤，是他小时候经常喝的一种汤。有一次，家乡遭受水灾，各种农作物减产，只有茨菰丰收。那一年，他吃了很多茨菰，感觉非常难吃。他十九岁离家之后，在漂泊在外的四十年间，再也没有喝到过茨菰咸菜汤。但是，在一次回乡的路上，他低声说了一句："我很想喝一碗咸菜茨菰汤，我想念家乡的雪。"这碗咸菜汤，看似普普通通，却蕴含着他对家乡深深的思念。它是最接地气的人间烟火，让人感受到生活的真实和美好。美食之所以美，其实很多时候并不在于口腹之欲的满足，而在于，那些人和事，从相逢到相聚，能在匆匆忙忙的时间里，安安静静地温柔。

暑假里，在钱老师的带领下，到嵊州吃到了当地最有特色的豆腐年糕。从嵊州回来后，几次和朋友在外聚餐，但凡碰到菜单上有炒年糕，总会有意无意地点上一份，却好像怎么也吃不到和嵊州一样的味道了。

嵊州的炒年糕，不像别的炒年糕，它是带着汁水的，也只有在嵊州，才能吃到这样独特的炒年糕。嵊州年糕辅以特制咸菜、瘦肉、笋、大蒜、鸡蛋、嫩豆腐等特制，热乎乎一碗足以御冬寒。最为难得的是，不同于宁波年糕韧性强有嚼劲，嵊州的年糕口感比较软糯，丝毫不用担心吃完年糕腮帮子疼。豆腐混合着鸡蛋丝，在汤汁的陪衬下，出现了嫩滑又鲜香的神奇口感。盛上满满一大碗，放眼望去，那真是集香、醇、韧于一体的美食。

有人说，饮食文化最能体现一座城的性情，最能展现一地居民的生活态度。所以绍兴不止有孔乙己的茴香豆，也不止咸亨酒店的女儿红，更不止曲水流觞的会稽山、《兰亭序》和百转千回的越剧小调，还有嵊州的各种特色小吃。

嵊州人将他们的年糕称为“麻糍”，其形似墙砖，其特点是炒年糕有汤，即源于亮眼汤的习俗，据说与春秋名臣伍子胥有关。公元前 484 年，吴王夫差听信谗言赐死伍子胥，伍子胥交代随从遇敌人围城之时可于城下掘地三尺取粮，保全了一城百姓的性命。后人敬仰伍子胥爱国忧民的精神，于每年腊月制作年糕以纪念。嵊州自古延续正月“十四夜以菜煮糍食之”习俗，代代相传。

由此可见，人对食物都是有一份情结在里面的，当某种食物与某一段故事、某一个记忆结合以后，它的味道就会像烙印一般，深深地留在我们的脑海里。

因为看戏的原因，我到浙江到绍兴的次数并不少。感受一方食事和风土人情，总觉得生活在这里，既有时尚的潮流，也有传统的坚守，有现代也有古老，可以很快也可以慢下来，有人来也有人离开，但是只要踏上这片土地，各种回忆和情结就会被满城悦耳的“的笃调”以及各种各样的美食一一勾引出来。

汪曾祺笔下的高邮咸鸭蛋令人难以忘记，安庆小城街头的水煎包也令人欲罢不能，嵊州的豆腐年糕到今日回想起来也还是念念不忘。

春天总是会来的

初春的深夜，我从琴行学琴归来。料峭春风扑在人的脸上，冻得人一个激灵。时节已然过了春分，连日的阴雨却让整个苏州城都湿漉漉的。此刻，马路两旁除了昏暗的灯光，便是在灯光映照下的那些枯枝败叶。放眼望去，还不能寻着初春的新绿。

我路过一家肯德基门口，正口渴难耐，便进去买了一杯水。环顾厅堂四周，即使如此寒冷的深夜，仍有年轻的情侣在这里聊得热火朝天，有年逾五十的奶奶哄着孙子在吃他们刚点的快餐，还有孤身一人的姑娘坐在窗边凝视着外面冷清的马路……姑娘的眼神里，眼前的这块透明玻璃仿佛成了一堵偌大的墙，墙内和墙外俨然被隔成了两个不同的世界：冰与火，热与冷，淡与浓，喧嚣与寂静……

排队，买东西，付钱，整个过程不超过十五分钟。我推门出去，门口三层台阶上那半坐半靠着的身影引起了我的注意。他的身上披了一件透明的塑料雨衣，雨衣下只穿着一件军绿色的外套，外套的帽子遮住了他小半张脸，这使我没能看清他的容貌，可是从他的身形中，我能断定这是一个七十多岁的老人。他抬头，向我投来一丝无声的渴求的目光，并没有说什么，也没有起身拦住我。看着他身旁瓷碗里那几个硬币，我心头闪过一丝凄楚，从身上搜遍了仅有的几个零钱，弯腰放进碗中，他向我道了声谢谢。

天很冷，他那单薄的衣裳很明显是不足以御寒的，我并没有勇气停下来询问他经历了什么。匆匆取车回家，开至马路上时，我向那冰凉而潮湿的台阶又望了一眼，他还在那里，半个人靠在台阶上，佝偻着身体一动不动，孤独而无助，凄凉又落寞。

我终究是不知道他后来怎样了，却是十分希望他能够早些回家。如此，我才知道冬天仍未融化的冰雪还悄悄躲在初春寒冷的每个角落。人来人往，各自繁盛，想起白居易当年的“可怜身上衣正单，心忧炭贱愿天寒”，殊不知天寒亦有衣薄人。这繁华世界的背后，还有我们看不到的生活与不易，在温暖如春的日子里也有无可奈何的忧伤与艰难。

归来已夜深，脑海里响起方才演奏的《高山流水》，天地寂寥，琴声漫入心扉，渐渐一扫方才的悲凉。想来生活有风花雪月的烂漫，就会有柴米油盐的辛酸；有玉盘珍馐，就会有残羹冷炙。但愿此刻双手拨动琴弦的悦耳之音能够融化那些残存的冰封，我想，春天总是会来的，春天已经来了。

向下扎根，向上成长

这个夏天，跟着网上的热浪，追了一档火热的综艺节目《乘风破浪的姐姐》，被一群三十岁以上的女性深深地震撼。

带着“非遗”传承、新民族音乐推广使命的阿朵再次回到人们的视野，在复活赛的时候凭借自己的实力和才华征服了所有的观众，那个早已被人们遗忘的“不知名”女艺人，就像隐居深山的武林高手，突然带着一身的侠骨柔情和江湖义气重新出现，让人有一种扑面而来的“热血沸腾”。观众说，阿朵的表演是艺术家级别的。我特地去网上搜索了她的人生经历，在惊叹和佩服的背后，或许只有一句话能够概括阿朵如今的艺术成就：向下扎根，向上成长。

很难想象，阿朵已经四十岁了，在沉寂的这些年，她还是一直在努力做自己热爱的新民族音乐以及苗族鼓舞武术的传承。在这个流量至上、人心浮躁的时代，最难的便是做这些传统的东西。因此，漫漫的历史长河之中，沉寂的不仅是这些优秀传统的文化和艺术，还有我们很多为之付出精力和心血的人。

我特别感动于这一群女性敢于突破自我的坚韧，也感动于阿朵丰富饱满的人生经历。无论是男性还是女性，到了一定的年纪，克制力和忍耐力都会走下坡路。反观自己也是即将走在“而立之年”的十字路口，却明显感觉曾经的“热血”在慢慢消失殆尽，这其实是一种正常的生理现象，无可非议。但是人长期处在一个安逸的环境中是种非常可怕的状态，它会让我们感到迷茫，失去梦想，不再有那份“不撞南墙不回头”的倔强，甚至也没有了乘风破浪、奋勇拼搏的勇气。因此，我们需要不断汲取新鲜的养分，努力地向上成长。

假期结束前，向郑老师开口借几本教学杂志，她给我整理了满满两袋子书。我打开一看，有二十一本杂志加上三本不算太薄的专业书籍。我用三个晚上读完了两本书，无意中发现她在书的扉页上写下的名字和落款日期：2020 年 1 月。这个不起眼的时间让我产生了一丝触动，这也许是她买书的时间，也许是她读完这本书的时间。总之，这个小小的痕迹告诉我，原来很多你看上去表面只忙于生活的人，其实背后都在默默地学习、扎根。无关乎职业的高低，也不在于年龄的大小。

三十岁之前，我们需要青春与热血，需要张扬和棱角；三十岁之后，我们需要成熟和理性，需要温柔和内敛。但是，我从来不认为女性应该被年龄所定义，每一个年龄段都可以去突破和改变。我们需要一段沉寂的时光去丰盈自己，认清自己内心的坚守；也要在恰当的时机站出来，为自己骄傲地打卡，勇敢地乘风破浪。

无论如何，理想实现的前提一定是像阿朵那样：向下扎根，向上成长。

今夜故人来不来

开学的前一夜，苏城淅淅沥沥地下起了雨。一周前所有的蝉鸣，此刻已经一声都没有了，盛夏的繁华突然落幕，只在缺失了蝉鸣的雨声中，人们才恍然惊觉秋天已经到了。在这秋凉如水的夜晚，独自听梅艳芳的歌，从《夕阳之歌》到《似水流年》，沙哑而又沧桑的声线刚好穿透了这个季节的孤独，慢慢地直刺入人的骨子里，叫人听起来不胜悲凉。最喜欢她的那首《似是故人来》，走心的歌词与旋律融于深夜绵绵细雨中，像是诉说故事般娓娓道来，道尽了世上的离合聚散。

工作的变动使我离开了原来的单位，到新环境却也有老友相遇。碰撞，离别，一边赶路一边在忘记身边的人和事。我自诩是个怀旧的人，但是那些不曾被提起的曾经竟也在记忆里渐渐消失褪色，许多人和事非我所愿地被忘记了。由此体会到“物是人非”大概就是这种感觉。所以终于明白为什么古人要折柳赠故人，长柳便是——“长留”。

阿梅的歌词中有一句：“人在少年，梦中不觉，醒后要归去。”有些故人旧事，虽不能再鞠于膝下，却也无法弃之于深渊。走过千山万水才知曲中滋味，因为年长后的我们不知不觉都成了曲中人。“断肠字点点，风雨声连连，似是故人来”，细细品味，内心的涟漪就愈加深切，也愈能够体会到其中娓娓道来的“不思量，自难忘”。

离别始终是我们人生中必修的一堂课，而未得到和已失去的却始终是心中留存的最美好的片段。2003 年，身患绝症的梅艳芳在最后一场演唱会上向所有的歌迷告别，据说唱《似是故人来》是她在癌症晚期、声带受损的情况下硬撑下来唱的歌曲。随着最后一首《夕阳之歌》旋律的结束，阿梅留给观众的只剩一袭拖地的白色长纱和孤独走向台阶的背影。叫人永远都无法忘记的是，她在转身时那一声潇洒又干脆的“拜拜”。那种洒脱，带着无法遮掩住的她身上的傲气，旁人根本就无法轻易学来。面对生死离别，她用深入骨髓的绝美和云淡风轻的信步摇曳出了一个时代的芳华。她劝诫所有人要懂得珍惜，因为夕阳无限好，也不过是一夕间的灿烂。是的，当我们在感慨岁月流年的时候，怎知变幻中时光已逝去。其实一个甲子也不过六十年，没有人会真正一辈子等着故人来，时过境迁之后仍然会存在藏不住的怅然，因此“珍惜”两个字的意义就显得尤为珍贵。既然告别是人生一站又一站的必须，那么不如释怀。只要心中有那份千丝万缕的惦记，就依旧可以在百年之后穿越时空绵延至更长久、更长远。

窗外的雨声伴着室内低沉的《似是故人来》，慢慢地听，慢慢地想，慢慢地写，失眠而不自知，也问：今夜风雨声连连，故人还来不来？

我们一生都在与故乡为敌

清明踏青，至阳澄湖风景区，循着油菜花的香味故地重游。

在这样一个时代，那些自然原生态的角落仿佛无意间就成了人心心念念神往的地方。要说它们有多么大的魅力，恐怕是说不出来的。目力所及之处，是迎风飘荡的芦苇荡。桥窄，是木头搭起来的，走上去还会有吱吱呀呀的声音。但是越往里走，却越有儿时的味道。

我没看见成片的油菜花田，只是稀稀落落的有几片油菜花，四月的春风吹过，油菜花的香味扑鼻而来。这种味道里夹杂着故乡的记忆，记忆里是身材瘦小的祖母蹲在那片油菜花中，面朝黄土背朝天的样子。在没有拆迁的时候，我们也有成片成片的油菜花，有一亩一亩的水稻田。上小学那会儿，交通不便，与同龄的孩子一样，我们中的大多数都是自己骑车上学。上下学必经之路是那条一米宽的石子路。路的北边是秧田，路的南边是小河，春日的快乐全部都在儿时踩着车踏板放肆疾驰的车轮下。祖父母养的鸡、鸭、鹅、羊……仿佛是通人性的，嗒嗒地追在你的身后，留下一连串春日的欢歌。落日的余晖洒在小河上，漾起波光粼粼的涟漪。麻雀在不远处的香樟树上搭窝，狗子会欢脱地向自己跑来，使劲摇着尾巴缠在我的脚边。那是儿时真实的故乡，永恒地停留在记忆里。

那些残砖瓦砾可以被风干的土地所覆盖，风却是吹不走芦苇丛中飘出来的粽子香的。每年的端午节，祖母总是会就地取材，从小道边的芦苇上薅下满满当当一篮子的芦苇叶给我们包粽子。

那时候竟不知如此得天独厚的地理环境给了我们最幸福的滋养，锅里咕嘟咕嘟冒出的青草香、粽叶香都是我生长的这片土地所赐予我的最真切的味道。脑海中永远都无法抹去祖母在凌晨三四点爬起来，围着不远处的灶头忙活的身影。我可以就着灶上冒出的朦胧水汽，还有那股清香，睡得更加香甜。

农闲和农忙都是故乡生活的主旋律。农闲时，我常常趴在窗前，或是站在不远处的田埂上，望着祖父母两个人背着农药不紧不慢地在稻田里来来回回走动的身影。这时候他们不需要帮手，两个人可以在田间待一晌午。那些蓊蓊郁郁的绿，总是能埋没两个并不高大的身影，若隐若现，形成极为和谐的一幅画面。农忙的时候，就不止祖父母两个人了，会有许多帮工的人来。他们齐刷刷地下田，插秧的时候，仿佛大家都是受过了统一训练似的，每一个动作都整齐划一，默契得让人惊叹。直至农家灶头的炊烟再次袅袅升起，忙完一天的祖母在灶前下的那一碗面条，也成了我甚至于每个庄稼人舌尖上最不能忘却的味道。

十几年的光景，随着幢幢高楼平地起，故乡的田野、炊烟不复存在，祖父母引以为乐的忙碌也不再有，甚至鸡、鸭、鹅、羊……都不知去哪里了。当我们开始寻找这些失落的图景时，精神上也莫名地产生了孤独。曾经那幢砖砌的小平房门口，祖母戴着她的老花镜，“嗞嗞”的极为娴熟地抽动着手中的针线，为我们做着一双双精巧的棉鞋。如今的她却只是独自搬着一把老藤椅坐在老房子的门口，任斜照的夕阳打在自己佝偻的背上，一坐便是许久，良久无言。

如今，我的故乡已经不再，祖父母的光阴也已经老去。剩下的时间，我们开始怀念和珍惜，那些失去的味道，也有可能会在某一个时间、某一个角落再次触动人的身心和味蕾。我们在不断地丢失，也在不断地修复。我们似乎在不断地与故乡为敌，又不断地寻找与它和解的方式。所以，我们在这个春日里，不断地寻找。

一场雨事

利用琐碎的下午，扛着相机从沿道前街慢悠悠地走，闻到空气中拂面而来的桂花香，突然意识到已是秋天了。

总感觉时间过得太快，又无比贪恋这短暂却充满诗意的季节。他们说，江南没有秋天。虽然四季的棱角不够分明，却也五彩缤纷。李商隐写过“秋阴不散霜飞晚，留得枯荷听雨声”，极为悲凉，何等凄切。“秋风吹白波，秋雨呜败荷”“平湖三十里，过客感秋多”，一岁一枯荣，都是自然使然。诗人是最敏感的，他们能感受到夏和秋的交接只差了一阵风，秋和冬的接力只等着一场雨。

江南秋天落雨的日子从来都不刻意，随心，随性。但无论是下雨时的雾山、秀水，还是朗日里的闲云、清风，总有一种情怀让人心生感动，于南，于北，于人生。即使是残荷听雨，也表达着一种面对人生风雨低谷时的坚强、坚韧。繁华落尽，便是生命的轮回。茕茕而立，更显“不以物喜、不以己悲”的旷达。

随着年龄的增长，人总喜欢回忆过去。也许是秋天本来就更适合怀念，怀念小时候上学的路、小时候蹚过的河，还有小时候爬过的山。那个秋日的午后下着蒙蒙细雨，漫山遍野的小花正开得灿烂，我们在细雨中呼喊，怀着少年的热血和憧憬，看山是山，看水是水。记忆里镜头定格的画面如此美好，以至于多年后的今天仍萦绕在脑海里。那时候总想，下雨的日子多好啊！直到自己三十岁以后，才明白蒋捷之词“壮年听雨客舟中，江阔云低，断雁叫西风”并不是一句无病呻吟，那种惆怅是实实在在的。只因人生境遇不同，听雨的感受也就各异。年华淙淙流淌，雨声所敲打的，除去岁月的回响外，还有昔日难再的青春与浪掷。

其实这些年，江南的雨事已经少了很多。很难有片刻安静的时候，去怀想洁净无瑕的少年时光。少年春风得意马蹄疾，听雨歌楼上，红烛昏罗帐，跳跃的青春里藏着按捺不住的“大珠小珠落玉盘”的清脆。如今的我们都困于现实的桎梏，在雨中飘零，也在雨中一点一滴消亡。

雨中黄叶树，灯下白头人。人最难的是看清自己，读书时代的我也曾在无数个下雨的夜晚，通宵看余秋雨的《文化苦旅》，看《孟子》《庄子》，看苏轼、李清照，看中国历史和大千世界。那时候听着雨声，拥衾而眠，是满足和幸福；现在的我和我们，有着大把空闲的时间，看的却是抖音，是商业营销号，是没有内涵的低俗娱乐。真是不寒而栗。

梭罗在他的《瓦尔登湖》中寻找自己，宁静的力量让他在纷繁的大千世界中看蚂蚁打架，在湖里钓鱼。窗外的一场大雨在屋檐上跳着奔放的华尔兹，嘈嘈切切错杂弹。看会儿书吧，去书中感受岁月悠长、山河无恙。在这个下雨的秋天，让灵魂贴合着大地，将自己还给自己。

我心归处

凛冬将至，适合围炉，适合夜话，适合读书，也适合思考。

这几日，学校教学楼前的银杏叶已经凋零得所剩无几，被雨刷洗过后掉落在地上的金色是更明晃晃地耀人的眼。每年这个时候，屋里的暖气和屋外的寒冷都会形成鲜明的对比。于是，裹紧大衣行色匆匆的同事们就成了一道可爱的风景。我站在三楼的走廊上，望楼下人物群像，俏皮中惊觉此刻的时光竟显得如此明亮。

一年过去，很难不生发一些牢骚和感慨。对生活，对工作，对学生，对自己。有时候，怀想可以天高地迥，南北无边。坐在教室里，听学生埋头写字、笔在纸上沙沙作响的声音，又觉得这些切切实实的东西才让人感到心安。冬天最高妙的意境就在于能够让人自发地内省，这种宁静的力量，可以不动声色地穿透一切，直达灵魂的深处。

利用零散的几节空课时间读完了樊锦诗先生的《我心归处是敦煌》，合上书，缩在办公室的角落独自闭目怀想，敦煌大漠的景象恍如一帧一帧的电影画面，在脑海里挥之不去。自述的文字平静却有力量，朴实而又撼动人心。樊锦诗是一个纯粹的人，穷尽自己毕生的精力守护着敦煌的洞窟。无论条件多么困难和艰苦，正如作者在后记中所述，她柔弱的身躯里有一种至刚的力量，让人感觉到一种坚定、谦逊、温和的精神气质。这种气质，恰恰是我所一直神往和追求的。

初站讲台，还有着一股热血，怀揣着诗和远方，有远大的理想和不可一世的抱负。没想到短短几年，琐碎和繁忙的工作竟渐渐地让人忘记了为什么而出发。那些怀着优柔的“诗意”渐渐化作了岁月的酒，一口闷下，有说不出的苦涩。自恨读书和写作的时间也被生活和工作压榨干了，等到挤出一点时间来看完了几本书，才发现这都不过是自己给自己找的借口、自己给自己造的桎梏。西北的苍凉和贫瘠在先生看来都成了往事，如若不是对生活与工作发自内心的热爱，断不可能支撑起这五十多年来精神上的孤独。所以，抛开一切的芜杂，我想，我又有何理由向生活叫屈呢？

中国人向来都有“故土情结”。我们成长在故乡，听着熟悉的乡音，对每个人而言，这种情结是深刻的，是“根”和“魂”的所在。樊锦诗先生说：“我离不开敦煌，敦煌也需要我。”那个广袤的大西北离我们始终很遥远，即使曾经我也远足路经那里，亦没有勇气与那片荒凉的土地长时间相处。可叹的却是先生在那里执守了大半辈子，叫人无法不敬佩她们心中的清净与淡然。

所以，在那片广袤的土地上，那些遗留下来的文化，文化里所蕴含的精神，竟也会深深地影响着我们，也能够让一个人与一片陌生的土地产生千丝万缕的联系。

先生说“我心归处是敦煌”。她的一生与敦煌紧密联系在一起，成了西北土地不可分割的一部分。当留在故乡的我们停下脚步再回首时，不禁也想深刻地发问一句：“心归何处？”

心归何处？在这个寒风料峭的冬日，我心归处，是故乡，是书海，是知音常和、情怀未央。

雨季不再来

周末赋闲在家，早起，拉开窗帘，窗外是淅淅沥沥的小雨，阴冷的色调与江南独有的诗意特别搭。泡了一杯郭老师从安徽寄来的野生茶，嫩绿的香芽在九十八摄氏度的沸水中升腾、打转。一把躺椅，一杯茶，一场小雨，就能够感知日子在茶香中散发出的悠闲，轻轻浅浅，却又真真实实，恍惚间便有了“结庐在人境，而无车马喧”的隐世之感。

作家三毛说：“我是一个浪子，我喜欢这个花花世界。随着年岁的增长，越觉得生命的短促。就因为它是那么的短暂，我们要做的事，实在是太多了。”想来想去，这种仓促越是到成年之后越让人觉得真实而强烈。

读书时，我们忙着俯首于象牙塔之中，在“不知愁”的年纪大可以怀着一腔孤勇，风雨不避。少年观雨，多是“春水碧于天，画船听雨眠”的无忧无虑。即使是偶尔碰着了大雨倾盆的日子，也会急匆匆地躲进街头的报刊亭，三三两两，校服上留下的洗衣液的香味在狭小的空间里发酵，亭角淌下的雨滴讲述的是青春里动人的诗篇。成年后，逐渐被生活的各种桎梏所累，我们将情绪带入雨中，再看眼前的雨，就多了“眼前春色梦中人”的惆怅、“叶叶声声是别离”的忧伤、“悲欢离合总无情”的迷惘……所以，等到放晴的日子，仿佛像是盼了几年的光阴，做了一场梦。梦醒之后，故事里的老人依旧还躺在那把和他一样上了年纪的摇椅上，摇出一地琐碎的光阴。

我爱下雨的日子，只是有时会在凌乱的雨季中不知所措，但这也无碍我对它的偏爱。曾经有一段拼命的时光，很像寻常日子中一场短暂的疾风骤雨，那种劲头让人感到酣畅淋漓之外，更有无法言说的痛快，像暴雨的荒蛮、恣肆、潇洒，于无声处听惊雷，总有一泻千里的勇猛和气势。等到身体和生命的轴承开始转得慢了下来，人也就变得胆小忧郁了起来，不得不也安于享受起眼前细雨微风的节奏。人的蜕变总逃不出时光的力量，一天又一天，日子的脚步比我们想象的要快些，却也常常在某个节点提醒我们要慢下来，沉淀、洗涮、重新整理自我。那么眼前的雨，也就不再有十八岁的青涩和稚嫩，不再有年少时的沉酣与狂欢，有情无情，都波澜不惊。

在下雨的日子里，想起了很多少年时代背诵过的诗句，而我们自己也在不断地用自己的阅历验证着这些诗句。雨声在窗外敲打着岁月的编钟，回响都是昔日种种的欲语还休，但人的心灵已足够在这短暂的安宁中得到喘息。

雨季不再来，迟暮且尚早。

南方北方落雪

绿蚁新醅酒，红泥小火炉。

这一次，南方的雪落得恣肆而又张扬。

对2008年的那场大雪尚有记忆可温，再逢如今这样声势浩大的阵仗，屈指一算，恰是十年。南方雨雪天，总使我想起张岱的《湖心亭看雪》：“湖中人鸟声俱绝。是日更定矣，余拏一小舟，拥毳衣炉火，独往湖心亭看雪。”从前只知西湖夏日接天莲叶、淡妆浓抹的炙热之美，却不想原来一场雪后，它也可以拥有如此的静谧与空灵。再也不用刻意去求“千山鸟飞绝，万径人踪灭”的静寂了，“余住西湖大雪三日……将雪景与人生糅合在一起，天地皆白，余我一粒”。今年南方的雪并没有辜负南方人的期许，雾凇沆砀，天与云、山与水，上下一白，皆有。

西湖的雪，姑苏的雪，都容易让人生出诗情画意，越来越珍视这柔软而动人的岁月。对中国人来说，雪的寓意是丰富的。腊月下雪，总有“瑞雪兆丰年”的预示，而中国人的诗意又早已融入了骨髓。北方落雪，可以有“雪拥蓝关马不前”的惆怅，可以有“北风吹雁雪纷纷”的肃杀，可以有“三春白雪归青冢”的悲凉，可以有“欲将轻骑逐，大雪满弓刀”的豪情；南方落雪，则必定是“柴门闻犬吠”的朴实，是“红泥小火炉”的雅趣，是“独钓寒江雪”的孤寒，是“经冬复历春”的惆怅……

下雪了，能够“围炉夜话”是一种了不起的情调，将风和雪一并关在门外，求天地间须臾的宁静。将炉火的温度拢在这小小的角落，方才知外面的空旷与茫茫之下个人显得如此的渺小。暂时抛下工作与生活，羡慕起张岱能够独自前往湖心亭看雪，以痴遇痴。“瑞雪兆丰年，来年犹可期”，然而对于那些异乡人来说，看到这样一场雪，或许更多的是“十年踪迹十年心”。

这雪丝毫没有停下的意思，欢喜了整个姑苏的南方人。园林赏景，踏雪寻梅，嬉笑打闹，不亦乐乎。白雪映衬下，古典园林的红墙黑瓦、青松、翠竹、池塘显得尤为宁静、冷寂。有雪的冬天才是真正意义上的冬天，落雪的江南才是与世无争的江南。

南方北方皆落雪，无边无际无着落。这个时节，真正适合“孤独面对，素颜修行”。在厚厚的雪地里踩出“吱吱呀呀”的声音，回望身后的足迹与无垠的空旷，带着渗透进服衫的思念，看漫天飞雪，草木凋零。

最后，引用一段张岱为自己写的墓志铭吧：“少为纨绔子弟，极爱繁华。好精舍，好美婢，好娈童，好鲜衣，好美食，好骏马，好华灯，好烟火，好梨园，好鼓吹，好古董，好花鸟，兼以茶淫橘虐，书蠹诗魔，劳碌半生，皆为梦幻。”

落雪了，落了片白茫茫大地真干净。